The Dragon of Lonely Island

孤島のドラゴン

レベッカ・ラップ
Rebecca Rupp
鏡 哲生 訳

評論社

孤島のドラゴン――目次

孤島のドラゴン

本文中の（　）内の小字は訳者による注です。

装幀／川島　進（スタジオ・ギブ）

1　孤《こ》島《とう》

その年、デイビス家の子どもたちは、メイン州（アメリカ合衆国《がっしゅうこく》の最東北に位置する州）の沖合《おきあい》の孤島《ことう》にぽつんと建つ、マヒタベルおばさんの家で夏休みを過《す》ごした。ハナは十二歳《さい》、ザカリーは十歳《さい》、サラ・エミリーは八歳《さい》半だった。

　マヒタベルおばさんは、もう、この島には住んでいない。今は、フィラデルフィア（アメリカ北東部のペンシルヴァニア州南東部にある大都市）のアパートで、ヘンリーという名のミニチュア・ブルドッグ、それにヘンリーのまたいとこにあたるペネロープといっしょに暮《く》らしている。

　マヒタベルおばさんは、青みがかった髪《かみ》に鼻眼鏡《めがね》、手にはエジプト製《せい》のステッキ、という出《い》で立ちの人。ステッキの柄《え》には、ジャッカルの頭の形に彫《ほ》られた象牙《ぞうげ》があしらわれていた。父親の大叔母《おおおば》で、子どもたちにとっては〝大大叔母《おおおおおば》〟ということにでもなろうか。

「大大叔母《おおおおおば》さん？　よぼよぼのおばあさんだよ、きっと」

サラ・エミリーがつぶやいた。

「もう八十代になるかしら。でも、あのマヒタベルおばさんを〝よぼよぼ〟って言うのには、抵抗《ていこう》があるわ」

母親のデイビス夫人が答えた。

デイビス夫人は、島の家をひと夏借りられないか、マヒタベルおばさんに相談していた。書きものをするのに、静かで落ち着ける場所がほしかったのだ。

「あそこだったら、近所付き合いにわずらわされずにすみますから。電話もかかってこないし」

デイビス夫人の職業《しょくぎょう》はミステリー作家。執筆《しっぴつ》中の新作『銀の家の秘密《ひみつ》』を九月までに書き上げなければならなかった。彼女《かのじょ》はこれまで、一年に一さつずつ作品を発表してきた。すべての作品の表紙には、長い、白のナイトガウンを着た少女が描《えが》かれていた。少女は必ず何かから逃《に》げていた。お城《しろ》の塀《へい》を乗りこえたり、森林や切り立った崖《がけ》のふちを走ったりして。

ハナは、ミステリー小説が好きだった。毎晩《まいばん》のように、ベッドで母親の作品を読んでいた。コンピューターゲームやロケットといった文明の利器に興味《きょうみ》しんしんのザカリーは、『アメリカの科学』や『近代機械工学』といった雑誌《ざっし》を。内気で、空想の世界にひたることが多いサラ・エミリーは、もっぱらおとぎ話が専門《せんもん》だった。

ハナは背《せ》が高く、色黒で、生まれつきカールした髪《かみ》の持ち主。ザカリーには、そばかすがあった。「大きくなったら、お父さんそっくりになるわ」と言うのが、母の口ぐせだった。サラ・エミリーは〝ちび〟で青白く、丸くて分厚《ぶあつ》い金ぶちの眼鏡《めがね》をかけていた。

父親のデイビス氏は海洋生物学者だった。夏を北大西洋上の船で過《す》ごし、キタトックリクジラの回遊を研究していた。

フィラデルフィアのマヒタベルおばさんから、母親あてに手紙がとどいた。島の家の合い鍵《かぎ》が同封《どうふう》されていた。手紙は、角ばった古くさい書体で書かれ、インクはラズベリー色だった。

「島の家には管理人がいるそうよ」手紙を読みながら、母が言った。「名前はトビーとマーサ。ジョーンズ夫妻《ふさい》ね。夫のジョーンズさんが、船でわたしたちを島まで連れていってくださるんですって。食料や身のまわりのものをそろえたり、本土からの手紙も毎日、運んでくださるそうよ。ジョーンズ夫人が食事や掃除《そうじ》を手伝ってくださるみたい。あと、マヒタベルおばさんによると、ジョーンズ夫人はあまり子どもが得意じゃないんですって」

母は、手紙から目を上げると、子どもたちを見まわした。

「目いっぱい、お行儀《ぎょうぎ》よくしなくてはね、あなたたち」

念を押《お》すような言い方だった。

ハナは、もううんざり、といった表情《ひょうじょう》をうかべた。

「ねえねえ、わたしたちには？」

サラ・エミリーがたずねた。

「『愛をこめて』ですって。あと、あなたたちあてに特別なメッセージがあるそうよ。きっと、三人の名前が書いてあるこの封筒《ふうとう》ね。何か重いものが入っているわ」

封筒《ふうとう》は、緑色のロウで封《ふう》じられていた。

「これ、何？」

サラ・エミリーが、ロウの部分を指さした。

「これって〝封蠟《ふうろう》〟でしょ？　昔の人は、手紙に封《ふう》をするとき、ロウをたらしたのよ」ハナが答えた。「まだ封筒《ふうとう》のふちに糊《のり》がついてなかった時代のやり方。ロウをたらして封《ふう》を閉《と》じ、ロウがやわらかいうちに自分の紋章《もんしょう》をきざんだ指輪を押《お》しつける。そうやって、ロウに印をつけるの。だれからの手紙かわかるようにね。あなたの好きなおとぎ話にも出てくるでしょう？　本を読んでも、そこからなんにも学ばないんだから。まったく」

サラ・エミリーは、かまわず続けた。

「マヒタベルおばさんも、指輪を持っているんじゃない？　だって、この〝封蠟《ふうろう》〟にも印があるもん。尾《お》が長い生き物の」

「トカゲみたい」ザカリーが姉妹の間に割《わ》りこんだ。「ちょっと貸《か》して。開けてみる」

　ポケットナイフを使い、ザカリーは封筒《ふうとう》に切れめを入れた。開いた口を下に向けると、中のものを慎重《しんちょう》に取り出した。封筒《ふうとう》には、折りたたまれたメモ用紙と、柄《え》が精巧《せいこう》な渦巻《うずま》き模様《もよう》で装飾《そうしょく》された、小さな鉄の鍵《かぎ》が入っていた。鍵《かぎ》にはラベルが結ばれていた。

　ハナは鍵《かぎ》を手に取ると、ラベルを読み上げた。

「『塔《とう》の部屋用』だって」

「塔《とう》？　マヒタベルおばさんの家って、お城《しろ》？」

　サラ・エミリーが聞き返した。

「そんなわけないじゃない」

　ハナは、あきれ顔だ。

　母は、やさしくサラ・エミリーを抱《だ》きよせると、おばさんの家が一八〇〇年代に、商船の船長によってつくられた、ビクトリア朝風のりっぱな建造物《けんぞうぶつ》であることを説明した。そして、子どもたちに島の家の白黒写真を見せると、塔《とう》の部分を指さした。塔《とう》の先には、帆《ほ》いっぱいに風をはらんで進む三本マストの帆船《はんせん》をかたどった風向計があり、鉄製《せい》の手すりが、屋根のふちを一周していた。

「これはバルコニーよ。船乗りの奥《おく》さんが、この上から海をながめては、夫の帰りを今か今かと待ちこがれていたの」

「ねえ、その紙にはなんて書いてあるの？」

ザカリーがたずねた。

ハナは、折りたたまれていたメモ用紙を広げると、ゆっくり読み上げた。

「『もし、たいくつで時間をもてあますようなら、〝ドレイクの丘《おか》〟を調べることを、おすすめします』だって」

「ドレイクの丘《おか》って？」

サラ・エミリーが母にたずねた。

「さあ。見当もつかない。行ってからのお楽しみってところね。ただ、マヒタベルおばさんが『おすすめ』って言うからには、きっと興味《きょうみ》深いところにちがいないわ」

母は、手紙をもとにもどした。

サラ・エミリーは、メモ用紙を手に取ると、ラズベリー色のインクで書かれた文字を指でなぞった。

「マヒタベルおばさんって、なんか、かっこいい」

すっかり感心した様子。

ハナは、深いため息をついた。

「なんだか、とってもたいくつそう。せっかくの夏休みなのに、変な島に閉《と》じこめられてあなたたち二人の子守りをするなんて、まっぴら。残って、ロザリーとローラーブレードで遊んでいたい」

こう言うと、ふたたび、もううんざり、といった表情《ひょうじょう》をうかべた。

ロザリーは、ハナの親友だった。黒いタートルネックのセーターをさらっと着こなし、バイオリンとモダンダンスのレッスンを受け、月に二回、父親と父親の再婚《さいこん》相手といっしょに、大都市ニューヨークで週末を過《す》ごす――そんな女の子だった。ザカリーとサラ・エミリーは、ロザリーからまともに口をきいてもらったことさえなかった。

「たまには弟や妹と島で過《す》ごすのも、よい経験《けいけん》になるはずですよ」母親は、きっぱりと言った。

「それに、あの島は本当に美しいところなの。行けば、あなたにもそのよさがわかるはず」

「ぼくは楽しみ。ひょっとしたら、望遠鏡とかあるかもしれないし」

ザカリーは、腰《こし》かけていたソファーのいちばんはしまで退却《たいきゃく》すると、『星座《せいざ》マガジン』を開き、顔をうずめた。

「とにかく古い家だから、興味《きょうみ》深いものでいっぱいのはずです」

母親が会話を終わらせた。

サラ・エミリーは一人、遠い目でつぶやいた。

「ドレイクの丘《おか》……」

七月初旬《しょじゅん》の、ある、すばらしく晴れた日、一家は〝孤島《ことう》〟にわたった。

ジョーンズ氏がチャドウィックの波止場までむかえに来たとき、一家は、荷物の山にうもれていた。スーツケース、緑のダッフルバッグ、ナップザック、さらに、食料雑貨《ざっか》のつまったふくろが二つ。

サラ・エミリーは、バックパックを背負《せお》っていた。上ポケットからは、片耳《かたみみ》の黄色いゾウのぬいぐるみ、オベロンのちぢれ毛が頭をのぞかせていた。オベロンとは二歳《さい》のときから、二人寄《よ》りそって寝《ね》てきた。一つ残ったオベロンの耳が強い海風を受け、パタパタはためいている。

ジョーンズ氏は大柄《おおがら》で、快活《かいかつ》な人物といった印象。頭はつるつるで、あごには、ふさふさの灰色《はいいろ》ひげ。蛍光《けいこう》オレンジの、フードつきジャケットをはおっていた。

ジョーンズ氏は、荷物の山と家族を見くらべると、「まさか、これ全部じゃないよね」と、一瞬《いっしゅん》あきれたような表情《ひょうじょう》をうかべた。しかし、すぐに笑《え》みをうかべると、「デイビスさん？」と、声をかけてきた。

「っていうことは、あなたがジョーンズさんね」

母親は手を差し出すと、握手《あくしゅ》にこたえるジョーンズ氏に、子どもたちをしょうかいした。

「ハナ、ザカリー、サラ・エミリーよ」

ジョーンズ氏は、一人一人と握手《あくしゅ》をかわした。

「みなさんとお会いできて、光栄です。本当にうれしい。家内《かない》もわたしも、ほかのお仲間といっしょに夏を過《す》ごせるなんて、めったにないことですから」

ジョーンズ氏は、ふたたび荷物の山に目をうつした。

「まさか、これ全部、あなた方の荷物じゃないですよね？」

「ところが、そうなのよ」

母親が答えた。

「なるほど」

ジョーンズ氏は、足もとのスーツケースを二個《こ》持ち上げると、あごで船を指ししめした。

「船はあの向こうのやつです。荷物はわたしが積みこみますから、みなさんは、どうかそのまま」

荷物の積みこみは全員でおこなった。緑色の船の名は〈マーサ号〉。

「奥《おく》さんの名前だ」

ザカリーが、サラ・エミリーにささやいた。

母親とハナは船の真ん中の座席《ざせき》に、ザカリーとサラ・エミリーは船の舳先《へさき》に乗りこんだ。

「みなさん、船のあつかいはよくご存《ぞん》じかな？」

ジョーンズ氏が子どもたちにたずねた。

「いえ、そんなにくわしくありません」

ザカリーは慎重《しんちょう》に言葉を選び、答えた。ハナとサラ・エミリーは首を横にふった。

「なに、心配しなくても、夏が終わるころにはすっかり慣《な》れてしまっているはずだ」

ジョーンズ氏は、自信満々といった口調で言うと、「船を出すときは、こうやって留《と》め具から縄《なわ》をはずして……」と、縄《なわ》をほどいた。「それから〝彼女《かのじょ》〟を、軽くひと押《お》し」

マーサ号は上下にゆれると、舳先《へさき》を海に向け、進み出した。

「ぼくでも、できそう」

ザカリーが言った。

「もちろん、できるさ」ジョーンズ氏はくすくす笑った。「次は君にやってもらうとしよう」

ポッポッポッ。船はエンジンの音をひびかせながら、ゆっくり港をあとにした。冷たい潮風《しおかぜ》が、子どもたちの髪《かみ》をかきあげる。深い青色の海。あちこちで波が白くくだけ、頭上ではカモメが円を描《えが》き、鳴き声をあげる。子どもたちはウィンドブレーカーをはおった。

母親の肩《かた》にもたれかかっていたハナの顔色が、しだいに青ざめていく。

「まったく、このゆれったら、わたし、耐《た》えられない。わたしだけ、お家《うち》にいさせてくれればよかったのに」

ザカリーとサラ・エミリーは、船から身を乗り出し、波の合間に島の姿《すがた》をさがした。

「見て！　あれじゃない？」

サラ・エミリーが大声でさけび、前方を指さした。

「いかにも。あれが〝孤島《ことう》〟。そして、真正面に見えてきたのが君たちの家だ」

ジョーンズ氏は満足そうに答えた。

マヒタベルおばさんの家は、海岸の岩と同じ灰色《はいいろ》にぬられていた。写真で見たとおり、家には塔《とう》があり、鉄の手すりが屋根のふちを一周していた。家の裏手《うらて》には同じく灰色《はいいろ》にぬられた小屋があり、窓《まど》の下にはゼラニウムの植木箱がならんでいる。

「あっちにはだれが住んでるの？」

ハナがたずねた。

「わたしたちですよ」ジョーンズ氏がほほえんだ。「わたしと家内《かない》、そしてネコのバスター。おばさんの母屋《おもや》のめんどうをきちんと見られるようにね」

「とってもかわいいお家《うち》」

気を使ってサラ・エミリーが言った。

船は、海岸から突《つ》き出した木製《せい》の桟橋《さんばし》につけられた。桟橋《さんばし》は岩はだの入り江《え》の中にあり、ちょうど母屋《おもや》の真下に位置していた。そこから、キーキーきしみ声をあげる鉄製《せい》の門に向かって木製《せい》の階段《かいだん》が続く。門から先は、赤と黒のポピーでふちどられた敷石《しきいし》がならんでいた。敷石《しきいし》の通路は、母屋《おもや》のベランダから玄関《げんかん》へと通じている。玄関《げんかん》のとびらは古くて分厚《ぶあつ》い木製《せい》で、青と金のステンドグラスがはめこまれていた。ドアは半開きだった。

母親と子どもたちはドアを押《お》し開け、中に入った。ジョーンズ氏はあとから続いた。

家の中はあたたかく、床《ゆか》はピッカピカにみがきあげられていた。部屋いっぱいにレモンオイル、そしてクッキーを焼いたような香《こう》ばしいにおいがただよっていた。

ザカリーは、手にしていた学生かばんと買い物ぶくろを床《ゆか》に置くと、居間《いま》をなめるように見まわした。

「見て、ゾウの足でつくった腰《こし》かけがある」

「残酷《ざんこく》!」

腰《こし》かけを見ようともせずに、ハナが言った。

「ザカリー、望遠鏡がある!」

サラ・エミリーが、ザカリーの袖《そで》を引っぱった。

望遠鏡は、がんじょうな三脚《さんきゃく》の上にそなえつけられていた。そのとなりには、革《かわ》表紙の本がぎっしりつまったガラスとびらつきの大きな本棚《ほんだな》。ザカリーは、羨望《せんぼう》のまなざしで望遠鏡を見つめた。

「これなら、人工衛星《えいせい》が追跡《ついせき》できそう……。ひょっとしたら彗星《すいせい》を発見できるかも。星雲の輪だってのぞけるかもしれない」

一人、また一人。子どもたちは、何かに引きよせられるように、マヒタベルおばさんの居間《いま》の奥《おく》へと足を踏《ふ》み入れていく。居間《いま》はほの暗く、とても広そうだ。窓《まど》からの光は、金色の飾《かざ》り房《ぶさ》でたばねられた、緑色の分厚《ぶあつ》いビロードのカーテンでさえぎられている。壁《かべ》の前には、とびらに金色の樹木《じゅもく》が描《えが》かれた、中国製《せい》と思われる漆《うるし》の飾《かざ》りだんすがあり、真鍮《しんちゅう》の鳥かご、びんの中につくられた船の模型《もけい》、そろばん、石をきざんでつくられたチェスセットがならべられていた。

「このチェス、翡翠《ひすい》だ！」

ザカリーはおどろきの声をあげた。

母親は、ゆっくり部屋全体を見わたした。

「すごいわ。こんなにすごい家だったとはね」

彫刻《ちょうこく》がほどこされた天井《てんじょう》を見上げ、ため息をついた。

「自分の家だと思って、くつろいでくださいね。家内《かない》に、みなさんが到着《とうちゃく》したことを知らせてこないと」

ドアのところで愉快《ゆかい》そうにみんなを見ていたジョーンズ氏が、声をかける。

「ねえ、ジョーンズさん。この望遠鏡はだれのものなの？」

ザカリーがたずねた。

「それかい？　わたしが聞いた話では、それはある船長のものだったらしいよ」ジョーンズ氏は、ザカリーの指さす望遠鏡を見つめた。「その船長が、百年以上も前にこの家を建てたんだ」

「海賊船《かいぞくせん》の船長？」

ザカリーが身を乗り出す。

ジョーンズ氏は笑いながら、首を横にふった。

「あの当時は、どこにも海賊《かいぞく》なんていなかったんだよ」

ジョーンズ氏は、ザカリーのがっかりした表情《ひょうじょう》を見ると言葉を続けた。

「でも、船長の人生は、海賊《かいぞく》に負けずおとらず冒険《ぼうけん》に満ちたものだったそうだよ。彼《かれ》の船の名は〈跳躍《ちょうやく》スーザン号〉。屋根の風向計は、その船をかたどったものだそうだ」

「ジョーンズさんは船長さんとお知り合いなの？」

今度はサラ・エミリーがたずねた。

「そんなわけないでしょ。バカなこと聞かないで」

ハナは、あきれ顔で言った。

ジョーンズ氏は軽く頭を横にふりながら、やさしい笑顔《えがお》で言った。

「船長は、わたしよりずっと前の時代の人だからね、おじょうさん」

ザカリーは、名残《なごり》おしそうに望遠鏡のそばからはなれると、あらたまってたずねた。

「塔《とう》にのぼるには、どうしたらいいんですか？」

「塔《とう》だって？」ジョーンズ氏は、ザカリーの質問《しつもん》におどろいた様子だ。「もう何年も、あそこにのぼった者はいないよ。ずっと鍵《かぎ》がかかったままだから」

「行こう！」

サラ・エミリーは興奮《こうふん》のあまり、その場で飛びはねた。

「落ち着きなさい」母親はサラ・エミリーをたしなめた。「まずは荷物をほどきます。それから晩《ばん》ごはんにしないとね」

そのとき、居間《いま》の奥《おく》のとびらが開き、白い木綿《もめん》のエプロンをした、背《せ》の低い、ふくよかな女の人が入ってきた。たばねた髪《かみ》を頭のてっぺんで結び、鼻の頭には小麦粉がついている。

「デイビスさんでしょう？」

女の人は大声をあげながら突進《とっしん》してきた。

「ハナ、ザカリー、サラ・エミリーね！　本当によく来てくれました！　何週間も前から指折り数えて待っていたの。さあさあ、わたしについてきてくださいな。残りの荷物はトビアスに運ばせますから。いれたての紅茶《こうちゃ》がありますよ。新鮮《しんせん》なレモネード、焼きたてのレーズンクッキーもね」

女の人はエプロンで手をぬぐうと、よい香《かお》りのする台所へと全員を急《せ》き立てた。

「子どもには慣《な》れていないはずだよね？　だから、とってもお行儀《ぎょうぎ》よくしなきゃいけないんだったよね？」

最後尾《さいこうび》のザカリーが、サラ・エミリーの肩《かた》をたたいた。

サラ・エミリーは、くすくす笑いながら答えた。

「マヒタベルおばさんも知らないことって、あるんだね！」

2　塔《とう》の部屋

子どもたちの寝室《しんしつ》は家の二階、となり合った個室《こしつ》に決まった。家の正面から見ていちばん手前の部屋がザカリー。暗闇《くらやみ》がこわいサラ・エミリーは真ん中の部屋。最年長で勇敢《ゆうかん》なハナは階《かい》段《だん》の手前、いちばん奥《おく》の部屋だった。

マヒタベルおばさんの家でむかえる初めての朝、サラ・エミリーは、いつもより早く目が覚めた。朝の光が枕《まくら》もとを通り、青い縞柄模様《しまがらもよう》の壁紙《かべがみ》で軽やかなダンスをおどっている。窓《まど》の向こうからは、波の打ちよせる音がかすかに聞こえてきた。

大きな四柱式ベッドの上、サラ・エミリーは手足をいっぱいに広げ、伸《の》びをした。すばらしい天気。今日から夏休み本番だ。やりたいこと、行きたいところが山ほどある。ベッドから飛びおり、くたびれた青じゅうたんに着地すると、裸足《はだし》のまま、となりのザカリーを起こしに走った。

ザカリーの部屋の前まで来ると、急に立ち止まった。家でのザカリーは、自分の部屋にだれも入れさせない。ドアには「侵入禁止《しんにゅうきんし》！」という標識《ひょうしき》がかけられているほどだ。「勝手にぼくの部屋に入って、あれこれチェックしていくのは耐《た》えられない。家族でも、プライバシーは守ってよ」と、ザカリーは、口ぐせのように言っていた。

サラ・エミリーは、部屋の前でひと呼吸《こきゅう》おき、慎重《しんちょう》にドアをノックした。

「ザカリー、入っていい？」

ドアが開いた。ザカリーは、Tシャツにジーパン、足にはスニーカーをはいていた。肩《かた》ごしに見える彼《かれ》のベッドは、掛《か》け布団《ぶとん》のしわがていねいに伸《の》ばされ、枕《まくら》の上にはきちんと折りたたまれたパジャマが置かれていた。しかるべきところにしかるべきものがないと落ち着かない性《せい》格《かく》なのだ。

ザカリーは、広間に一歩出ると、後ろ手にドアをしっかり閉《し》めた。

「ほかにはだれか起きてる？」

「どうかな？　まだ早いから、だれも起きてないと思う」

「早く着がえてきな。家じゅうを探検《たんけん》しなきゃ。むちゃくちゃ広い家だもん、むちゃくちゃたくさん部屋があるはず」

「おいてかないで。すぐ用意するから」

ジーパンにサンダル、そしてお気に入りのピンクのシャツに着がえたサラ・エミリーがふたたび部屋から姿《すがた》をあらわすと、ザカリーはすでに、広間をあちこち探索《たんさく》している最中だった。

「この階の部屋は全部寝室《しんしつ》みたい……。廊下《ろうか》をはさんだ向かいが母さんの寝室《しんしつ》。となりも、でっかい寝室《しんしつ》。その裏手《うらて》も小さな寝室《しんしつ》……」

独《ひと》り言のようにザカリーがつぶやく。

廊下《ろうか》のはずれには細い木製《せい》の階段《かいだん》があり、上と下に向かって延《の》びていた。

「これ、どこに行く階段《かいだん》？」

サラ・エミリーが、うす暗い階段《かいだん》の奥《おく》を、おそるおそる、のぞきこんだ。

「なんだか気味が悪い」

「ライトがあるじゃん」

ザカリーは、サラ・エミリーを勇気づけるかのように言うと、照明のスイッチを入れた。

「下に行くと台所に出るんだ。昨日の夜、ジョーンズのおばさんが教えてくれた。上は屋根裏《うら》部屋かなんかじゃない？　行ってみよう」

二人は爪先立《つまさき》ちで、細い階段《かいだん》をのぼった。ギーギー。階段《かいだん》は、二人の侵入《しんにゅう》に抗議《こうぎ》するかのように、きしんだ。

「この階段《かいだん》、ほこりだらけだ」前を行くザカリーがつぶやいた。「きっと、もう何年も使われてないんだ」

階段《かいだん》をのぼりきると廊下《ろうか》があり、先が左に折れていた。そこを曲がると、目の前に二つのとびらがあらわれた。

「どっちにしようかな？」

ザカリーは声を低くすると、子どもならだれでも一度は見たことがある、テレビ番組のナレーションの声色《こわいろ》をまねて言った。

「この謎《なぞ》に満ちたとびらの向こう側には、何があってもおかしくないのです。わすれ去られた財宝《ざいほう》の地図、失われし家族の財宝《ざいほう》……」

サラ・エミリーも、おもしろがってあとを続けた。

「部屋の片《かた》すみに丸められた魔法《まほう》のじゅうたん、水晶玉《すいしょうだま》……」

「あるいは、がいこつ。もしかしたら、おばけかも！」

と、ザカリー。

「やめてよ、ザカリー！　こわいじゃない！」

ザカリーは、おもむろに目を閉《と》じると、ゆっくり人差し指を差し出した。

「ど・ち・ら・に・し・よ・う・か・な……左だ！」

「ねえ、ハナを待ってからにしたほうがよくない？」

急にこわくなったサラ・エミリーは、ザカリーの袖《そで》を強く引っぱった。

「あとで見せてあげればいいじゃん。とびらの向こうに何があるか、知りたくないの？　ちょっと見るだけだからさ」

ザカリーは、木製《せい》のドアノブをまわすと、ドアを手前に引いた。

「おいで、エス・イー（サラ・エミリーの愛称《あいしょう》）。おばけはいないみたい」


二人の目の前には、がらくたが床《ゆか》から天井《てんじょう》までいっぱいに積み重なった、細長く、うす暗い屋根裏《うら》部屋が広がっていた。ぼろぼろのビロードのソファー。その脚《あし》は、ワニの爪《つめ》のような形のデザイン。山のような雑誌《ざっし》の束《たば》。古い革《かわ》かばん。針金《はりがね》でつくられたマネキン人形。鍵盤《けんばん》が三個《こ》欠けた年代物のアップライトピアノ。

「くずれてきそう」

サラ・エミリーは、あとずさりした。

ザカリーは、すっかり夢中《むちゅう》になっていた。

「すごいや。上のほうを見て。あれはきっと刀だ。またあとでもどってこよう。まずは、どの部屋に何があるかを調べるんだ。でかい家だもん、屋根裏《うら》が二つあったっておかしくない」

しかし、もう一つのとびらは開かなかった。

「引っかかっているだけかも」

サラ・エミリーにうながされ、ザカリーはドアノブをガチャガチャまわした。次に肩《かた》でとびらを押《お》してみる。しかし、とびらはびくともしなかった。

「鍵《かぎ》がかかってるんだ。入れないや」

「ジョーンズさんなら鍵《かぎ》を持っているかもしれない。聞いてくる」

「ちょっと待った」ザカリーは、サラ・エミリーを制《せい》すと、「ここで待ってて、エス・イー。すぐにもどるから」と言い残し、〝まわれ右〟をして階段《かいだん》を駆《か》けおりていった。

一分もしないうちにもどったザカリーの手には、何かがしっかりとにぎりしめられていた。

ザカリーは、勝ち誇《ほこ》ったような表情《ひょうじょう》をうかべると、おもむろにこぶしを開いた。

「きっとこれだ」

ザカリーのてのひらには、マヒタベルおばさんから送られてきた、ラベルのついた、奇妙《きみょう》な渦巻《うずま》き模様《もよう》のある小さな鉄製《せい》の鍵《かぎ》があった。

サラ・エミリーの目が大きくなる。

「ほんとに？」

ザカリーは自信満々だ。

「ああ、ここが塔《とう》の入り口なんだよ」

鍵《かぎ》はぴったり鍵穴《かぎあな》にはまった。まわすと、カチッとするどい音がした。ザカリーは、ふたたびドアノブをまわす。とびらは開かれた。

二人の目の前に、鉄製《せい》のはしごがあらわれた。はしごは、天井《てんじょう》のはねぶたへと続いている。

「ほんとに塔《とう》の入り口だったんだ」

サラ・エミリーは感心して、深くため息をもらした。

「行ってみよう。ぼくが先にのぼる」

二人は一段《だん》、また一段《だん》、鉄製《せい》のはしごをよじのぼった。ザカリーは、はねぶたに手をかけると、押《お》し上げようと力をこめた。

「重いよ、これ」

あえぎながらも腹《はら》にぐっと力を入れると、ちょうつがいでつながれたはねぶたが上に開いた。

二人は床《ゆか》の上にはい出し、立ち上がると、ゆっくりあたりを見まわした。

「すっごい！」

ザカリーはうなった。

二人は、正八角形の小部屋の真ん中に立っていた。部屋の壁《かべ》すべてに丸い窓《まど》があり、二人をぐるっととりかこんでいる。窓《まど》からは島全体が見わたせた。島の北のはずれには、吹《ふ》きさらしの木にてっぺんをおおわれた岩山がそびえている。

「きっと、あれがドレイクの丘《おか》だ」

ザカリーが言った。

サラ・エミリーは、窓《まど》のそばからはなれると、部屋の中を見わたした。

「この部屋、昔は子ども部屋だったんだ。ほら、おもちゃが残ってる」

「もしかしたら、マヒタベルおばさんのものかもしれないよ。おばさんが小さかったころに使ったものかも」

丸窓《まるまど》の下には、壁《かべ》にそって棚《たな》があり、昔のおもちゃや本がならんでいた。ペンキで髪《かみ》の毛が描《えが》かれた木彫《きぼ》りの人形。びんに入ったいろんな色のおはじき。折りたたまれたチェッカー盤《ばん》。ふちの欠けたポット。ポットとおそろいの青い小さな陶磁器《とうじき》セット。貝がらとサンゴのコレクション。巨大《きょだい》なピンクの巻《ま》き貝が二つ、棚《たな》にはおさまりきらず、床《ゆか》に直接《ちょくせつ》置かれていた。となりには真鍮《しんちゅう》のドラがぶらさがった台があり、赤い木製《せい》の打ち子がそえられていた。

サラ・エミリーは、打ち子を手にすると、ドラを軽く打ち鳴らした。やさしい鐘《かね》のような音がした。

「ねえ、これ見て」

ザカリーが、部屋の反対側からサラ・エミリーに呼《よ》びかけた。

「こんな机《つくえ》を持てたら最高だと思わない？」

机《つくえ》には木のふたがあり、留《と》め金がかかっていた。留《と》め金をはずし、ふたを下に押《お》し下げると、ふたが折りたたまれ、平らな面があらわれた。奥《おく》には、何列もの丸い穴《あな》がならんでいる。

「整理棚《だな》だ」

紙、包、箱などがつめられた穴《あな》を見たザカリーが、つぶやいた。いろんな色のしゃれたインク壺《つぼ》もある。

「インクにこんなにたくさん色があるんだ……知らなかった」

サラ・エミリーは感激《かんげき》し、インク壺《つぼ》のラベルを一つ一つ声を出して読み上げた。

「ライラック、マゼンタ、エメラルド・グリーン、トパーズ、アクアマリン、ゴールド……」

ザカリーは、机《つくえ》の引き出しを調べることに熱中していた。

「ここは紙、こっちは封筒……別に変わったものは何もないや。いちばん下のでかい引き出しは……」

引き出しは音もなく、静かに開いた。

「きっと、小さな車輪がついてるんだ……」

「何が入ってるの？」

サラ・エミリーがたずねた。

引き出しの中には、木箱が一つ入っているだけだった。ザカリーは、木箱を手に取ると、机《つくえ》の上に置いた。

木箱は、靴《くつ》の箱ほどの大きさだった。ずっしりと重く、みがきあげられた濃《こ》い色の木でできていた。箱の上面には装飾《そうしょく》がほどこされている。真っ黒な黒檀《こくたん》の木、チョコレート色の木、うすい金色の木。正方形や長方形にけずり出された、さまざまな色の木が、タイル状《じょう》にはめこまれ、幾何学模様《きかがくもよう》をつくり出していた。

サラ・エミリーは、模様《もよう》にそってゆっくり指をはわせた。

「とってもきれい。でも、どうやって開けるの？」

木箱には取っ手も掛《か》け金も見当たらない。二人は、箱のあちらこちらを、つついたり押《お》したりしてみた。側面、裏《うら》の面も調べた。とっかかりさえ見つけられず、いらいらしたザカリーは、箱をはげしくゆすった。箱は密閉《みっぺい》され、開く気配さえない。開けるのは不可能《ふかのう》に思われた。

たがいに顔を見合わせ、とほうに暮《く》れていると、足もとから声が聞こえた。

「ザカリー、サラ・エミリー！　どこにいるの！　朝食の時間よ！」

「お母さんだ！　行かなきゃ」

「またあとから来て、開け方を見つけよう」

ザカリーは、机《つくえ》のいちばん下の引き出しに木箱をもどした。

「ザカリー！　サラ・エミリー！」

ふたたび母親の呼《よ》ぶ声が聞こえる。

二人は、急いではねぶたを通りぬけ、転げ落ちるように鉄製《せい》のはしごを下った。ザカリーは塔《とう》へのとびらを閉《し》めると、鍵《かぎ》をかけ、大事そうにポケットにしまった。

「ここだよ！　今行きます！」

ザカリーは、下に向かってさけんだ。

「わたし、もう腹《はら》ぺこ。何時間も塔《とう》の上にいた気がする」

二人は、ベーコンの焼けるおいしそうなにおいに引きよせられ、階段《かいだん》を下へ下へと急いだ。

3　黄金の翼竜《よくりゅう》ファフニエル

　サラ・エミリーとザカリーは、ベランダの階段《かいだん》に腰《こし》かけ、ジョーンズ夫人が今朝揚《あ》げたばかりの、粉砂糖《こなざとう》をまぶしたドーナッツをほおばった。

「ここって、地球上でいちばんすてきなところかも」

　サラ・エミリーは、指についた砂糖《さとう》をなめると、この上なく幸せそうな笑顔《えがお》をうかべた。ザカリーも、満ち足りた表情《ひょうじょう》だ。

　柵《さく》にそってバラが植えられていた。茂《しげ》みのまわりをマルハナバチが楽しそうに飛びまわり、柵《さく》の向こうに広がる海岸では、波が寄《よ》せては岩にくだけ散る。家の奥《おく》からは、ジョーンズ夫人が口ずさむ、ちょっと音程《おんてい》のあやしい『アメイジング・グレース』のメロディー。

　サラ・エミリーは、片手《かたて》で日の光をさえぎると、北の方角に目をこらした。吹《ふ》きさらしの木にてっぺんをおおわれた岩山が、明るい空の下、小さなシルエットとなり、うかび上がっている。

「ドレイクの丘《おか》……」

サラ・エミリーはつぶやいた。

ザカリーがうなずく。

「そう、ドレイクの丘《おか》だ。マヒタベルおばさんはいつも、あそこをそう呼《よ》んでいたって。さっき、ジョーンズさんが教えてくれた」

「ねえ、いつ探検《たんけん》に行く？」

サラ・エミリーが、せかす。

ザカリーは、すっと立ち上がった。

「すぐ。準備《じゅんび》ができしだい、すぐにね。家の中で過《す》ごすにはもったいない天気だもん。でも、見た目ほど近くないかもしれないから、何か食べるものを持ってったほうがいいかもね」

「ドーナッツ！」サラ・エミリーが即座《そくざ》に答えた。

「まずは飲み水だよ」冷静な口調でザカリーが言った。「寒くなるかもしれないからセーターも。バンドエイドと方位磁石《じしゃく》も必要かな」

「ハナもさそったほうがいいと思う。行きたいって言うかもしれないから」

サラ・エミリーが言った。ハナは、自分の部屋に閉《と》じこもっていた。

ハナが初めて部屋に鍵《かぎ》をかけ、一人きりで閉《と》じこもるようになったとき、サラ・エミリーは「ハナはもう、わたしたちなんかに興味《きょうみ》ないのよ」と言って、母親に不満をぶつけたものだ。「ハナの頭の中にあるのは、ロザリーのことだけ。わたしなんて、いつも『おバカ』としか言われないもん」

「あなたは『おバカ』なんかじゃありませんよ」母親は、さとすように言った。「ハナは今でもあなたのこと大好きよ。でも、ハナは今、大人になるとちゅうなの。それは、はたから見るよりずっと大変なことなの。がまんしてあげてね」

サラ・エミリーは根気強く、ハナの部屋のドアをノックした。そしてハナの「何！　うるさいわね」という返事を待ってから、ドレイクの丘《おか》への探検《たんけん》計画を説明した。ハナはあまり気乗りしなかったが、結局、行くことにした。

「ほかにすることもないし」

無愛想《ぶあいそ》に言うと、ハナはサンダルのひもを結んだ。

子どもたちは母親に計画を伝えた。「かまわないわよ」というのが母親の返事だった。「ただ、あまりおそくならないようにね。けがをしたり、まちがったことをしたりしないよう、ちゃんと弟と妹のめんどうを見るのよ、ハナ。頼《たよ》りにしていますからね」

ジョーンズ夫人の話によると、ドレイクの丘《おか》までは、歩いて小一時間とのことだった。

「たしか、あそこに続く小道があるはずですよ。もっとも、夫もわたしも、長いこと、あそこには行っていないの。わたしが膝《ひざ》を悪くしてしまったからね。いずれにしても、道すがら、食べるものがいるわね」

一時間もしないうちに、サンドイッチ、リンゴ、レーズンクッキー、レモネードのびんが、ザカリーのバックパックにつめこまれた。バックパックには、六つの刃《は》、ネジまわし、栓《せん》ぬき、爪楊枝《つまようじ》がついた、ザカリーのスイス・アーミー・ナイフ。さらに、方位磁石《じしゃく》、懐中《かいちゅう》電灯、えんぴつと手帳、そしてハナ専用《せんよう》の〝日焼け止め〟も用意された。出発の準備《じゅんび》が整った。

太陽が高くなるにつれ、気温も上がり、潮風《しおかぜ》がひんやり心地よい。頭上ではカモメが鳴き、足もとの草むらでは、バッタが羽音をたてて飛びはねる。子どもたちは、まっすぐ丘《おか》を目指した。しばらく行くと、踏《ふ》みならされたような跡《あと》があらわれた。

「これが小道ね」

サラ・エミリーが言った。

「目的地につながっているはずだ。たどっていこう」

ザカリーは歩く速度をはやめた。

小道はとても細く、三人は、たて一列になって進まなければならなかった。サラ・エミリーは鼻歌をうたい、ザカリーはときおり立ち止まっては、方位磁石《じしゃく》で方角を確認《かくにん》した。ハナの鼻には〝日焼け止め〟がぬられた。

じきに、ザカリーとサラ・エミリーはおなかがすいてきた。

「まったく信じられない。さっき、ドーナッツを食べたばかりでしょう?」

ハナは、あきれて二人を見つめた。

三人は、丘《おか》のふもとでひと休みすることにした。サンドイッチ(中身は、ピーナッツバターとジョーンズ夫人の手づくりイチゴジャムだ)とクッキーをほおばっては、レモネードで流しこむ。日に焼けたザカリーの顔には、そばかすがくっきりとうかんでいる。

サラ・エミリーは、食べ終えたサンドイッチの包みをくしゃくしゃに丸めると、ザカリーのバックパックに突《つ》っこんだ。

「早く、てっぺんまで行こうよ! 中国が見えるかも」

「方角が全然ちがうし、中国につながる海でもないし。フランスでもさがせば」

ハナはそっけない。

「グリーンランドなら方向が合ってるかな……」とザカリー。「頂上《ちょうじょう》に着くのがいちばんおそいやつが〝ぐず〟に決定!」

そうさけぶと、ザカリーはバックパックをつかみ、小道に散らばる丸石をたくみによけながら、一目散《いちもくさん》に走り出した。

「ちょっと！」

「待ちなさいよ！」

サラ・エミリーとハナは、あわててあとを追いかけた。

丘《おか》は、見た目よりも勾配《こうばい》が急だった。子どもたちは息切れし、身体《からだ》がほてるのを感じた。登るいきおいが、しだいにおとろえていく。サラ・エミリーは足の裏《うら》が痛《いた》み始めた。三人は、ふらふらになりながら最後の数メートルをはい上がると、ドレイクの丘《おか》の頂上《ちょうじょう》を形成する巨大《きょだい》な岩山の下にたおれこみ、大声で笑った。

「やったぞ！」

ザカリーは、こぶしを突《つ》き上げ、勝利の雄叫《おたけ》びをあげた。

上からのながめは、まさに絶景《ぜっけい》だった。海岸線が一望でき、海のはるか向こうまで見わたせる。

「まるでエベレストを征服《せいふく》したような気分」

ハナが言った。

「岩山の上まであがろう。あそこからなら、全部の方角が見わたせるはずだ」

ザカリーが二人をうながす。

三人は、岩にしがみつき、爪先《つまさき》で足場をさぐりながら、巨大《きょだい》な岩山をけんめいによじのぼった。岩山は、大きな岩と岩が折り重なる最後の難関《なんかん》だった。足がとどかないサラ・エミリーは、ハナとザカリーに岩の平場まで押《お》し上げてもらっては、次の平場に進むといったあんばい。

最後の平場の先、あと、もう少しで頂上《ちょうじょう》というところに、ハナの背丈《せたけ》よりも高く、つかんだり足をかけたりする割《わ》れ目がまったく見当たらない、垂直《すいちょく》な岩壁《がんぺき》が立ちはだかっていた。

「引き返そうよ。無理。登れない」

サラ・エミリーが言った。

「岩の反対側からなら、登れるかもしれないよ」

ザカリーはあきらめきれなかった。

最後の平場は岩棚《いわだな》になっていた。丘《おか》の頂上《ちょうじょう》をとりまく通路のように、右へ右へと続いている。三人は、足もとに注意しながら岩棚《いわだな》をまわりこんだ。高所恐怖症《きょうふしょう》のサラ・エミリーは、下を見ることができない。北のはしまで進むと、急に岩棚《いわだな》の幅《はば》が広がった。まるで自然の展望台《てんぼうだい》のよう。

「見て！」

サラ・エミリーが息をのんだ。

「洞窟《どうくつ》だ！」

ザカリーの声がうわずる。

展望台《てんぼうだい》の向こう側で、洞窟《どうくつ》が大きな口を開けていた。奥《おく》は真っ暗闇《くらやみ》だ。

「入ろう」

ザカリーが二人をうながした。

「やめようよ。中に何かいたらどうする？　クマとか……。それに、なんか変なにおいがする……」

サラ・エミリーは、しりごみした。

ザカリーとハナは、くんくん鼻を鳴らした。洞窟《どうくつ》の中から、炭や煙《けむり》のにおいに外国の香辛料《こうしんりょう》がまざったような、変わったにおいがただよってくる。

「きっと、たき火のもえかすだよ。ジョーンズさんたちがここに来て、マシュマロを焼いてったのかも」

ザカリーは暗闇《くらやみ》をのぞきこむと、バックパックの中に手を突《つ》っこんだ。

「ちょっと待ってて。懐中電灯《かいちゅう》を持ってきてるから」

ザカリーは、懐中電灯《かいちゅう》をつけると、用心深く洞窟《どうくつ》に足を踏《ふ》み入れた。サラ・エミリーとハナは、ザカリーの背中《せなか》に張《は》りつくようにしてあとに続いた。

ぴったり寄《よ》りそった三人は、ゆっくりゆっくり奥《おく》へと進んだ。すっかり洞窟《どうくつ》の中に入ってしまうと、まるでだれかがスイッチを切ったかのように、波の音がぷっつり消えた。

洞窟《どうくつ》は、入り口から下に傾斜《けいしゃ》していた。ザカリーが照らす懐中《かいちゅう》電灯の光の先は、ただただ暗闇《くらやみ》が続くばかり。まるで無限《むげん》に続く巨大《きょだい》な地下空間のよう。

「こんなに奥《おく》が深いなんて……あの入り口からは全然わからない」

サラ・エミリーがつぶやいた。

暗闇《くらやみ》の中、ザカリーは右側、次に左側と手を伸《の》ばした。

「だれか、壁《かべ》にさわれる？」

落ち着いた声だ。

だれも、壁《かべ》に手がとどかなかった。

「とにかく巨大《きょだい》な空間ね。もしかしたら、丘《おか》全体が空洞《くうどう》になっているのかも」

ハナは暗闇《くらやみ》を見つめた。

「底なし穴《あな》なんじゃない？　急に落っこちたりしないよね？」

ふるえる声でサラ・エミリーが言った。

三人は、爪先《つまさき》で足もとの空間をさぐりながら、じりじりと前進した。

煙《けむり》だろうか、それとも硫黄《いおう》だろうか。変わったにおいはどんどん強くなってくる。

「何が謎《なぞ》かってさ」ザカリーが口を開いた。「この丘《おか》の名前だよ。あの家を建てた船長がドレイクって名前なのかな？　なんでここが『ドレイクの丘』って呼《よ》ばれてるんだろう？」

とつぜん、三人の背後《はいご》から、サンドペーパーで何かをゴシゴシけずるような音が聞こえた。続いて「シュッ」というするどい音。ザカリーには、だれかがランプに火をつける音に聞こえた。暗闇《くらやみ》に赤と黄色にゆらめく炎《ほのお》が出現《しゅつげん》し、洞窟《どうくつ》全体が明るくなった。

目の前の空間が何かを反射《はんしゃ》し、ぼうっと光りかがやいている。目をこらすと、ハ虫類に似《に》た巨大《きょだい》な生き物が、目の前にうずくまっている。長く、しなやかな金色のしっぽの先端《せんたん》は、矢じりのようにとがり、切れ長で、翡翠《ひすい》のような緑色の目が二つ、射《い》るようなまなざしで三人を見つめていた。

「なぜ『ドレイクの丘《おか》』と呼《よ》ばれているかというとだな、お若《わか》いの」

低くかすれた声で〝それ〟がしゃべった。

「古代、高潔《こうけつ》な竜《りゅう》をドレイクと呼《よ》んだからだ。つまり、わたしにちなんで名づけられたわけだな」

三人は、たがいの腕《うで》をぎゅっとにぎりしめた。あとからハナが言うには、黒と青の痣《あざ》ができるほどの力で。とつぜん目の前にあらわれた光景を前に、三人は、ただただ口をあんぐりあけ、

〝それ〟を見つめていた。〝それ〟は、竜《りゅう》だった。

「ほんもの？」

ザカリーが、やっとのことで言葉をはき出した。その声は裏返《うらがえ》っていた。

ハナは自分の膝《ひざ》が、がくがくふるえているのを感じ、サラ・エミリーはわっと泣き出した。

またしばらく、凍《こお》りついたような時が流れた。

竜《りゅう》は、金色にかがやく首をいっぱいに伸《の》ばすと、三人の頭のてっぺんから爪先《つまさき》まで、なめるように見た。たいして興味《きょうみ》のない科学標本を三つ、観察するかのように。

ハナは、サラ・エミリーをぐいっと引きよせた。そして自分は一歩前に出ると、竜《りゅう》をキッとにらみつけた。

「ちょっと、あんた。妹がこわがってるじゃない！」

竜《りゅう》が一歩、後ろに下がった。

「これはこれは、かわいいおじょうさん。泣かせてしまったのは、決してわたしの意図《いと》するところではなく……」

その口調からは、明らかに動揺《どうよう》が感じられる。

「いやいや、じっさい、泣くなんて夢《ゆめ》にも思わなかったのだ」

今度はすまなそうな様子。

竜《りゅう》は、金色の頭をサラ・エミリーのそばまで、ぐいっと旋回《せんかい》させた。

「たしかに、わたしはおそろしい外観をしておるが、とっても友好的なんだよ。まったくもって心のやさしい、実に無害な者なのだ」

「もうわかった」ハナはサラ・エミリーを抱《だ》きしめた。「やさしそうな竜《りゅう》よ。あなたをおそったりしないわ」

「どうか……どうか、泣かないでおくれ。子どもが泣くのを見るのはしのびない」

と竜《りゅう》。

サラ・エミリーは鼻をすすり、手の甲《こう》で涙《なみだ》をぬぐうと言った。

「だってさ、おとぎ話ではさ、竜《りゅう》はいつもいつも村全部を焼いちゃうしさ、お姫《ひめ》さまを誘拐《ゆうかい》して食べちゃうしさ……」

まだ涙声《なみだごえ》だ。

竜《りゅう》は、フンと鼻を鳴らした。

「くだらん、実にくだらん。お姫《ひめ》さまを食べるだって？」

憤懣《ふんまん》やるかたないといった様子。

「竜《りゅう》に自尊心《じそんしん》がないとでも思っておるのか？」

一気にまくしたてると、急に口をつぐんだ。そして、悲しそうに頭《こうべ》をたれ、「たしかに……」

と、しずんだ声で言った。「たしかに、今のわたしはわすれられた存在《そんざい》。しかし、かつてはだれもが一目《いちもく》おく存在《そんざい》だった。尊敬《そんけい》されてさえいたものだ……」

言葉には、どこかあきらめが感じられた。

「はるか昔の出来事か。おたくらの種《しゅ》は〝はかない〟。人間と竜《りゅう》との〝遠大〟な物語が、時とともにどう脚色《きゃくしょく》され、捏造《ねつぞう》されるかなど、考えてもみなかった」

「むずかしくてわからない。いったい、なんの話をしてるの？」

サラ・エミリーがハナの耳もとでささやいた。

「〝はかない〟っていうのは一生が短いって意味よ。竜《りゅう》が言いたいのは、人間の寿命《じゅみょう》はあまり長くないってこと。〝遠大〟っていうのはとっても長い時間ってこと。竜《りゅう》はわたしたち人間よりずっと長い間生きているから、よりたくさんの出来事をその目で見てきたってことよ」

ハナがサラ・エミリーにささやき返した。

竜《りゅう》はうなずくと、急に思案顔になり、あらたまった感じでたずねた。

「ところで、今年は西暦《せいれき》何年なのだ？」

子どもたちは年を告げた。竜《りゅう》はまゆをひそめ、考えこむと、爪《つめ》で洞窟《どうくつ》の床《ゆか》に何やら書き出した。

「上の桁《けた》の九から一つ借りて……と。いや、ここで四くり上がるはずだから……と」

竜《りゅう》は、しばらく計算に没頭《ぼっとう》していたが、やがてやれやれと首をふり、床《ゆか》に書いた計算式を爪《つめ》でかき消した。そして、自ら出した答えに感銘《かんめい》を受けたかのように、「百十七年か」と、つぶやいた。

「わたしは、実に百十七年もの間、ねむっておったのだ」

子どもたちは、だまりこくったままだった。

急に自信をなくしたような口調で竜《りゅう》が続けた。

「いや、もしかしたら七十一年かもしれん。計算はあまり得意なほうじゃないんでな」

「ふつう、竜《りゅう》はそんなに長い間、ねむってるものなの？」

ザカリーがたずねた。

竜《りゅう》は、ザカリーに金色の鼻先を近づけ、見つめると言った。

「竜《りゅう》に『ふつう』という言葉はあてはまらないのだ、少年よ。わたしが、わたしの弟や妹のことを代弁《だいべん》するわけにはいかない。わたしは、しばしの休息を選んだが」

「弟と妹がいるの？」

ハナがたずねた。

竜《りゅう》は、こくりとうなずく。そして、「〝われわれ〟は三つ又《また》なのだ」と、誇《ほこ》らしく答えた。子どもたちは、キツネにつままれたような表情《ひょうじょう》になった。

「なんのこと？」

サラ・エミリーがハナにささやいた。

竜《りゅう》が答えた。

「三つ又《また》、すなわち三つの首を持つ竜《りゅう》ということだ」

そう言われて初めて、子どもたちは竜《りゅう》の首の根本から別れたもう二つの首の存在《そんざい》に気がついた。両わきに伸《の》びる首の先には、もう二つの頭があり、両肩《かた》に横たえられている。二つの頭の目は閉《と》じられ、寝入《ねい》っているかのよう。

「われわれの名前だが……」竜《りゅう》は上体を起こし、身をくねらすと、背筋《せすじ》をピンと伸《の》ばし、気取った姿勢《しせい》をとった。「黄金の翼竜《よくりゅう》ことファフニエルなり」

「わたしの名前はハナ。ハナ・デイビス。そしてこれが、弟のザカリーと、妹のサラ・エミリー」

ファフニエルは、うやうやしく子どもたちに会釈《えしゃく》した。

「ハナに、ザカリーに、サラ・エミリー。女の子が二人……」

竜《りゅう》は、ハナとサラ・エミリーをじっくり観察すると、ザカリーのほうをふり返った。

「そして男の子が一人と。君がいちばん年上かな？」

「ちがいます。ぼくはまだ十歳《さい》。ハナがいちばん年上です」

竜《りゅう》は、同情《どうじょう》したような表情《ひょうじょう》でハナを見た。

「いちばん年上の前には、さまざまな試練《しれん》が立ちはだかるものだよな。かく言うわたしも、三つ又《また》の中での〈一番覚醒《かくせい》〉だ。みなをみちびく重大な責任《せきにん》を負っておる」

「〈一番覚醒《かくせい》〉ですって？」

ハナは意味がわからず、オウム返しにたずねた。

「〈一番覚醒《かくせい》〉って何？」

サラ・エミリーもたずねる。

「三つ又《また》が卵《たまご》から孵化《ふか》するときにだ……」

竜《りゅう》は、おもむろに説明を始めた。

「いちばん初めに目を覚ました頭が、卵《たまご》のからを割《わ》り、ほかの頭より先に外の世界を体験する。いちばん初めに外界を体験した頭を〈一番覚醒《かくせい》〉と呼《よ》び、三つの頭の中でいちばん年上となる。われわれの場合、わたしだな。そして二番目の頭、三番目の頭と順に目を覚まし、順に外界を体験していく。三番目を〈最終覚醒《かくせい》〉と呼《よ》び、いちばん年下となるわけだ」

ザカリーが、サラ・エミリーをひじでつついた。

「おまえのことだよ、エス・イー。おまえがぼくらの中での〈最終覚醒《かくせい》〉だ」

サラ・エミリーは、まだしゃくぜんとしなかった。

「だけど、頭が三つもあってこんがらがっちゃわない？　ほかの頭に命令できたりするの？　あなたは一ぴきの竜《りゅう》なの？　それとも、三びき別々の竜《りゅう》？」

「そうとも言えるが……」

竜《りゅう》はいったん言葉を区切ると、首を横にふり、続けた。

「そうではないとも言える。なかなかわかってもらえんだろうな」

竜《りゅう》は瞳《ひとみ》を閉《と》じると、鼻から大きく息をすいこんだ。

「一つ一つの頭は、それぞれ独立《どくりつ》した性格《せいかく》を持つ竜《りゅう》だ。しかし、にもかかわらず、われわれは一つの身体《からだ》を共有しておる。実に魅力的《みりょくてき》なことだとは思わんかね？」

竜《りゅう》は尾《お》のすわりを直し、金色の翼《つばさ》を折りたたんだ。

「それぞれの頭が独立《どくりつ》した性格《せいかく》であるにもかかわらず、われわれは同じ記憶《きおく》を共有し、同じ体験を持つ……」

竜《りゅう》はひと息つくと、さらに続けた。

「ほかの二頭はわたしの知っていることを知っているし、わたしも二頭が知っていることを知っている。うまく伝わっていればよいが……」

「なんとなく」

ハナが答えた。サラ・エミリーもうなずいた。

「ってことはさ」

ザカリーが口をはさんだ。

「ってことは、ほかの二つの頭が起きたとき、彼《かれ》らはぼくたちのことを知ってるってこと？

ハナとサラ・エミリーとぼくのことを」

「おっしゃるとおり。わたしが知ったことは、すべて知っている」

竜《りゅう》が答えた。

ハナには別の質問《しつもん》があった。

「ファフニエルさん。なんで、あなたはここにいるの？　この島に？」

巨大《きょだい》な金色の翼竜《よくりゅう》は、緑色にきらめく両目を静かに閉《と》じた。そしてふたたび両目を開くと、
静かに語り始めた。

「この島はな、おじょうさん。いわば安息の地だ。安全な天国のような場所なのだ」

竜《りゅう》は深くため息をつくと、目を落とし、かぎ爪《づめ》の先を見つめた。

「最近は、こういった場所がめっきり少なくなってしまった。そなたがた人間は、せんさくが
過《す》ぎる」

「なんのこと？」

サラ・エミリーがザカリーにささやいた。

「人々があっちこっち、でしゃばりすぎるって。どこもかしこも人間が興味《きょうみ》本位で探検《たんけん》しすぎるってさ」

ザカリーがささやき返した。

「人間は、竜《りゅう》をすみっこに追いやってきた」

竜《りゅう》の声が大きくなった。

「初めのうち、われわれは尊敬《そんけい》され、称賛《しょうさん》されていた。と同時に、まったくバカバカしいことだが、われわれは、おそれられてもいた。やがて追跡《ついせき》され、迫害《はくがい》されるようになった。結果、われわれは、人間の社会とは距離《きょり》をおくほうが利口《りこう》だと考えるようになったのだ」

竜《りゅう》はひと息つくと、「昼寝《ひるね》もせねばならんしな」と、おどけてみせた。

「でも、だれが竜《りゅう》を迫害《はくがい》できるの？」サラ・エミリーがたずねた。「とっても大きいし、大きなかぎ爪《づめ》だってあるし、口から火だって吐《は》けるじゃない」

「そうだけど」ハナが口をはさんだ。「だけど、中世の騎士《きし》たちは、いつも竜《りゅう》を殺しに出かけていったわ」

「でも、それは、お姫《ひめ》さまのためだよね？」今度はザカリーが割《わ》りこんだ。「竜《りゅう》がいつもお姫《ひめ》さまをさらっていたから……」

「お若いの」

竜《りゅう》は、ザカリーの言葉をさえぎると、冷ややかな視線《しせん》をあびせた。

「まさに、そこが問題なのだ。流言《りゅうげん》、うわさ、中傷《ちゅうしょう》……。おまえたち人間は、常《つね》に自分たちの理解《りかい》を超《こ》えた存在《そんざい》に対して、敵意《てきい》をいだいてきた。心の中で。その結果、悪いうわさばかりが信じられるようになってしまった」

竜《りゅう》は、前足のかぎ爪《づめ》を宣誓《せんせい》のようにかかげると、「われわれ竜《りゅう》は、決してお姫《ひめ》さまを捕《と》らえたりしていない」と、きっぱり言った。「お姫《ひめ》さまなんて者は、アホばかり。つかまえることはぞうさもない。しかし、決してつかまえたりしなかった。なぜか？　お姫《ひめ》さまを誘拐《ゆうかい》してきたところで話し相手にさえならん。泣き言や、ぐちを聞かされるのが関の山。服がよごれるからといって、岩に腰《こし》かけようとさえしないだろう」

「でも、もしお姫《ひめ》さまをさらってないのなら、いったい何を食べてたの？」

サラ・エミリーが、けげんな顔でたずねた。

竜《りゅう》は、けわしい表情《ひょうじょう》をうかべた。

「なるほどな。そこに竜《りゅう》に対する共通の誤解《ごかい》があるわけだ。われわれの種族は菜食主義者《さいしょくしゅぎしゃ》だ」

竜《りゅう》は軽くせきばらいをすると、続けた。

「まあ、おもに菜食主義《さいしょくしゅぎ》ということだが……。グリーンサラダ、果物を少々、全粒《ぜんりゅう》の穀物全般《こくもつぜんぱん》……」

そして、急に声をひそめると、はっきりしない声で「たまに魚も」と、付け足した。

「知らなかった」

ハナが言った。

「それはそうだろう。ほとんどの人間は、そんなこと考えようともしないからな。頭から人食いと決めてかかるやつばかりだ」

竜《りゅう》が言った。

「でも、みんながみんな、そういう人ばかりだったわけじゃないでしょ？」

ハナが言葉を返した。

竜《りゅう》は、ハナのほうに首を伸《の》ばすと、緑色の目を細め、答えた。

「たしかに、みながみな、決めてかかる者ばかりではなかった。今でも思い出す者がいる。竜《りゅう》を心から理解《りかい》した人間……。彼女《かのじょ》も〈一番覚醒《かくせい》〉、つまりいちばん上のお姉さんだった。ちょうどおまえさんのように」

緑色の目が一瞬《いっしゅん》かがやいたように見えた。

「それはもう、はるか昔の出来事」竜《りゅう》は、あらたまった口調で話し始めた。そして「昔むかし、はるか彼方《かなた》、別の場所での出来事」と、憂《うれ》いを帯びた表情《ひょうじょう》でくりかえした。

竜《りゅう》は、しばらく口を閉《と》じていたが、やおら金色の翼《つばさ》を広げると、よりくつろげる位置に折りたたみ、言った。

「おすわりなさい。そして聞くがよい」

サラ・エミリーは洞窟《どうくつ》の石の床《ゆか》に腹《はら》ばいになると、たてひじをついた。お休み前、母親が読んでくれる本に聞き入るときと同じ体勢《たいせい》だ。石の床《ゆか》は、竜《りゅう》の腹《はら》の中で燃《も》え続ける炎《ほのお》で、心地よい温度にあたためられていた。

ザカリーとハナは、ファフニエルのなめらかな金色の尾《お》にもたれかかった。

とつぜん、三人の頭の中に、竜《りゅう》の語る世界がうかび上がってきた。その世界は、しだいに頭の中からあふれ出し、洞窟《どうくつ》の壁《かべ》いっぱいに広がった。青々とした木々のにおい。たがやしたばかりの土の香《かお》り。聞き慣《な》れない言語をぺちゃくちゃしゃべる声。鳥のさえずり。お寺の鐘《かね》の音《ね》。あたたかな風。

三人は、竜《りゅう》が語る物語の中にいた。だれかの目を通して見る、別の世界の中に。

4　緑目の竜《りゅう》の物語（1）――メイラン

「昔むかし、中国という国でのお話」
竜《りゅう》は語り始めた。
「皇帝《こうてい》が〈万里《ばんり》の長城《ちょうじょう》〉の建設《けんせつ》を命令するよりもさらに古い時代の出来事。ある山のふもと、小さな丘《おか》の小さな村に、メイランという名の女の子が家族といっしょに暮《く》らしていた……」

緑あふれる美しい村だった。いくつもの小川が流れ、果物の樹《き》がしげっている。メイランの父は、小さな農場をいとなむ働き者の百姓《ひゃくしょう》だ。雨にめぐまれ、収穫《しゅうかく》にめぐまれ、村人は幸せに暮《く》らしていた。

もっとも、だれもがみな平等に幸せ、というわけではなかった。大昔の中国では、女の子どもは、男の子どもほど大事にされていなかったのだ。メイランも、弟たちとくらべると、あまり大切にされていなかった。優先《ゆうせん》されるのは常《つね》に二人の弟、リイツーとシャオタオだった。

子ども全員分のお菓子《かし》がないときは、メイランががまんしなくてはならなかった。あざやかな色をした鳥の羽根、きらきらかがやく石、気に入ったおもちゃなどをメイランが手に入れても、弟たちにせがまれたら、それらをゆずらなくてはならなかった。寒い夜は、弟たちが凍《こご》えないよう、暖炉《だんろ》からいちばん遠い寝床《ねどこ》でねむらなくてはならなかった。

メイランが知るかぎり、このならわしは、これまでずっと続いてきたもので、これからも決して変わることのないものだった。あまりにきびしく、理不尽《りふじん》な、ならわしだったが。

がまんを重ねる毎日が続いた。彼女《かのじょ》が山腹《さんぷく》に薪《まき》を集めに行った、その日まで……。

ならわしに腹《はら》を立てても仕方がないということくらい、メイランも理解《りかい》していた。リイツーとシャオタオは男の子なんだ。男の子の願いが女の子の願いより尊重《そんちょう》されるのは、仕方がないことなんだ。でも、やっぱり、こんなあつかいは耐《た》えられない……。

ある日の朝、六歳《さい》になるリイツーが、メイランの大切なペットをおねだりした。メイランが布団《ふとん》のわきの小さな竹かごで飼《か》っていた、美しい茶色のコオロギ、ユエタンだ。

メイランは、川辺の野原でユエタンを見つけ、家に連れてきた。ぱっちりと愛らしい目をした、人なつっこい小さな生命《いのち》。「リーリーリーリー」という鳴き声は、夜ごとメイランの気持ちを落ち着かせ、心地よいねむりにつかせてくれた。

メイランは、コオロギに菜《な》っ葉の切れはしやハスの種をあたえた。コオロギは、メイランの声がわかるようだった。名前を呼《よ》ぶと指をよじのぼり、顔のそばまで引きよせると、長い触《しょっ》覚《かく》をメイランのほっぺたにこすりつけた。

このユエタンを、リイツーが取り上げたのだ。メイランの心は張《は》りさけそうだった。

「どうぞ。喜んで」

口ではこう言ったものの、その声はかすかにふるえていた。

リイツーが上機嫌《じょうきげん》でコオロギを持ち去ると、メイランは、涙《なみだ》をこらえることができなかった。今はただ一人、山腹《さんぷく》で、料理のたきつけに使う薪《まき》を、みじめな気持ちで拾い集めていた。しかし、頭にうかぶのはユエタンのことばかり。

「もう二度と、ペットなんて飼《か》うものか」メイランは自分自身に言い聞かせた。「何も飼《か》わなければ、何も取り上げられやしないんだ」

ふたたび涙《なみだ》があふれてきた。メイランは、ピンク色のキルトの上着の袖《そで》で涙《なみだ》をぬぐった。

そのとき、茂《しげ》みの奥《おく》で音がした。メイランは泣くのをやめ、耳をそばだてた。また音がした。何かをゴシゴシこするような音。押《お》し殺したうめき声のようにも聞こえる。生き物だろうか。

メイランは、自分の悲しみを一瞬《いっしゅん》わすれ、声の主《ぬし》を突《つ》き止めようと走り出した。からみ合った茂《しげ》みを押《お》しのけ、小枝《こえだ》をわきへ押《お》しやり、服や髪《かみ》にからみつく茨《いばら》をふりほどくために立ち止まっては、音に向かって突《つ》き進んだ。とつぜん、茂《しげ》みがとぎれ、開けた空間に飛び出した。その真ん中に横たわっていたものは……。

メイランは、腰《こし》をぬかした。

「りゅ、竜《りゅう》さま」

声にならない声がもれる。

竜《りゅう》は、草の上に頭を寝《ね》かせ、わき腹《ばら》を下にして横たわっていた。緑色の目はかすみ、にごっていた。頭はもう二つあり、寄《よ》りそうように横たえられていた。それらは微動《びどう》だにせず、熟《じゅく》睡《すい》しているかのよう。

巨大《きょだい》な翼《つばさ》の片方《かたほう》が引きさかれ、出血し、不自然な角度にねじ曲がっていた。見るからに痛《いた》そうだ。

竜《りゅう》は、絶望的《ぜつぼうてき》な表情《ひょうじょう》でメイランを見やると、ブルブルふるえながら、大きく息をすいこんだ。そしてうめき声をあげると、動かなくなった。

メイランは、竜《りゅう》に駆《か》けよると、金色の頭を両手で抱《だ》きあげた。先ほどまでの悲しみは、すっかり頭から吹《ふ》き飛んでしまっていた。光りかがやく鱗《うろこ》は熱く、カサカサにかわいていた。竜《りゅう》はされるがまま、力なく彼女《かのじょ》にもたれかかった。

「ああ、竜《りゅう》さま」

メイランは取りみだし、泣き声になった。

「どうか死なないで」

竜《りゅう》は、何回か身をよじると、やっとのことで口を開いた。

「狩人《かりゅうど》だ。待ちぶせをくらった」

弱々しい声だった。

竜《りゅう》は首をもたげ、目で左の肩《かた》をしめした。金色の鱗《うろこ》をつらぬいた弓矢が、深く肉までくいこみ、柄《え》が突《つ》き出している。あまりに痛々《いたいた》しい傷口《きずぐち》に、メイランは息をのんだ。

「射《い》られたのだ。そして宙《ちゅう》から落ちた」

竜《りゅう》が言った。

竜《りゅう》は、しばらく目をつむっていた。ふたたび目を開くと、悲しそうな目でメイランを見つめた。

「彼《かれ》はわかっていなかった。わたしというものが。われわれ〈偉大《いだい》な者〉たちがこのあたりで見られなくなってから、もう、ずいぶんと時がたつ。無知な人間どもはわすれてしまったのだ。われわれを」

メイランはうなずいた。竜《りゅう》は深いため息をついた。そして「痛《いた》!」と悲鳴をあげると、ふたたび頭を横たえた。

すぐに手当てしないと竜《りゅう》の命があぶない。メイランは、凍《こご》える小さな手で金色の頭にふれると、「すぐにもどります」と約束した。そして、痛《いた》めた翼《つばさ》にさわらないよう、静かに竜《りゅう》のそばをはなれると、全速力で走り出した。行く手をはばむ茂《しげ》みをものともせず、転げ落ちるように山腹《さんぷく》を下った。

「母さま、父さま！」

家に飛びこむなり、メイランはさけんだ。

「山に竜《りゅう》さまがいるんです！　竜《りゅう》さまです。助けが必要なんです。お願いです。すぐに来てください」

母親は、ボタン模様《もよう》が入った深紅色《しんくいろ》の上着でお茶の用意を、父親は、ごはんを食べている最中だった。メイランがあわただしく部屋に入ると、母親はメイランに向かってすわりなおし、父親は箸《はし》を止めた。

「メイラン！　なんてそうぞうしい。まったく、はしたない」

きびしい口調で母親が言った。

「その調子じゃ、とても嫁《よめ》にはもらってもらえんな」

父親も、やれやれと首を横にふった。

「すみません」

メイランは、高ぶった気持ちを、けんめいに落ち着かせようとした。

「すみません、母さま。すみません、父さま。でも、山に傷《きず》を負った竜《りゅう》さま、〈偉大《いだい》な者〉がいるんです。助けが必要なんです。どうかお願いします。わたしにはどうしてあげたらいいのか、わからないんです。村の人を呼《よ》んだほうがいいのでしょうか？　村長さんや、お医者さまを。ああ、いったいどうすればいいのでしょう？」

両親は、あきれて彼女《かのじょ》を見つめた。

「メイランや、だれがそんな話、信じると思う」

母親はとりあわない。

「でも、竜《りゅう》さまがわたしに言ったんです！」

メイランは声を荒《あら》らげた。

「竜《りゅう》さまが『痛《いた》い』って。助けなきゃ、きっと死んじゃう！」

父親がまゆをひそめた。

「どこの世界に、おまえのような小娘《こむすめ》と会話をする〈偉大《いだい》な者〉がおると言うのだ。〈偉大《いだい》な者〉というのは、高貴《こうき》な生まれで、知恵《ちえ》と知識《ちしき》にあふれた皇帝《こうてい》や学者とだけ話すもんだ。それも〈偉大《いだい》な者〉がひんぱんに飛来していた、ひいひいじいさんの、そのまたおじいさんの時代までの話。おまえのようなつまらん者に話しかけるなど、ありえん」

断固《だんこ》とした口調だった。

「おっしゃるとおりかもしれません」

メイランは気を静め、できるかぎり謙虚《けんきょ》な言葉づかいで、と心がけた。

「この竜《りゅう》さまは、もう、どうしようもなくて、わたしに話しかけたのだと思います。竜《りゅう》さまは傷《きず》を負いました。矢に射《い》られ、宙《ちゅう》から落ちました。翼《つばさ》が折れていると思います。助けが必要で、仕方なく、わたしに話しかけたのです」

父親は、ふたたび首をふった。

「もう竜《りゅう》さまの話はやめなさい、メイラン。ありえんことだ。作り話もたいがいにしなさい」

「わたしは作り話をしているんじゃない！　竜《りゅう》さまは本物！　今もあの山にいるの！」

地団駄《じだんだ》ふみ、メイランはさけんだ。

「こら、メイラン！　おまえは、そのかんしゃくを押《お》さえられるようにならんといかん」

父親の口調がいっそうきびしくなった。

「たぶんこの子、病気なのよ」

母親が心配そうな表情《ひょうじょう》をうかべて言った。

「いい機会だわ。お医者さまにみてもらいましょう」

医者は、荘厳《そうごん》なおやしきに住んでいた。門は赤くぬられ、中庭には花を愛《め》でるための樹《き》が植えられている。石づくりの池には、高価《こうか》な金魚があふれていた。

医者は、ひげをたらし、シルクの黄色いローブをはおっていた。頭にはおそろいのシルクの黄色い帽子《ぼうし》。

メイランの父の説明を厳粛《げんしゅく》な面持《おもも》ちで聞いていた医者は、メイランの額《ひたい》に手を当て、体温を調べると、ゆっくり首を横にふった。

「この子は日射病《にっしゃびょう》にかかったんじゃな」

医者はメイランのほうに向きなおると、やさしく、さとすような口調で続けた。

「熱があって疲《つか》れていると、まぼろしを見るんじゃ。色のうすい木の枝《えだ》が、光のかげんで金色に見えることがある。その竜《りゅう》とやらは錯覚《さっかく》じゃよ。ある学者によると、竜《りゅう》は大昔の詩人や歌人がつくった架空《かくう》の生き物。つまりは想像《そうぞう》の産物に過《す》ぎんということじゃ。おまえは竜《りゅう》なんて見ておらん。なぜなら竜《りゅう》なんぞ、どこにもおらんからじゃ」

医者は、漆《うるし》の椅子《いす》に腰《こし》かけ、読みかけの本を手に取ると、首を横にふり、「竜《りゅう》なんぞ、どこにもおらん」と、くりかえした。

父親は、読書のじゃまをわび、丁重《ていちょう》にお礼をすると、メイランを連れ出した。

家への帰り道、親子は村の村長とばったり出くわした。村長は背《せ》が高く、恰幅《かっぷく》のよい人物だった。ライラックとカワセミの刺繍《ししゅう》が入ったコートをはおり、大きな袖《そで》の間には、小犬をかかえている。まず父親から村長におじぎをし、二人はあいさつをかわした。

「医者をたずねてらしたのかな？　ご家族に病人など出てなければよいが」

村長が言った。

「おかげさまで、家族は健康です。ただ、こいつが……」

父親はメイランのほうをちらりと見た。

「このバカが、山で竜《りゅう》と話したと言いはって、きかないもので」

「竜《りゅう》だって？」

村長は吹《ふ》き出した。村長が笑いころげ、のけぞるたびに、腕《うで》の中の小犬は、はげしく上下にゆすられた。

「バカバカしい。もう竜《りゅう》なんておらんよ。はるか昔に死にたえてしまった。万が一、生き残っていたとしても、〈偉大《いだい》な者〉がこんな小娘《こむすめ》、相手にするものか。ウソにきまっておろう」

「おっしゃるとおりで、村長さま」

父親は深々と頭を下げた。そして尊大《そんだい》な態度《たいど》で道をかっぽしていく村長の後ろ姿《すがた》を見送ると、娘《むすめ》のほうに向きなおり、どなりつけた。

「とっとと来なさい！」

そして自宅の門をくぐり、家に入るやいなや、「こんりんざい、竜《りゅう》の話は禁止《きんし》する。竜《りゅう》の話だけじゃない。錯覚《さっかく》とやらの話もいっさい禁止《きんし》。心配してえらい恥《はじ》をかかされた。ちゃんとあやまりなさい。わしだけじゃない、家族全員にだ」と言いわたした。

メイランはあきらめた。

「申しわけありませんでした、お父さま。わたしは、バカなまちがいをしでかしました。すぐにもどって薪《まき》を拾ってまいります」

ていねいにおじぎをすると、おとなしく部屋をあとにした。

藁《わら》を編《あ》んだ小さなサンダルが部屋の敷居《しきい》をまたぐやいなや、メイランは走り出した。その顔には、ある決意がうかんでいた。

居間《いま》の棚《たな》から自分の布団《ふとん》をつかみ、丸めて束《たば》にした。倉庫のすみにある戸棚《とだな》から木綿《もめん》の布《ぬの》を一反《たん》、包帯用に取り出した。ヘビにかまれた傷《きず》から骨折《こっせつ》まで効《き》くおばあちゃん秘伝《ひでん》の薬草と、片手《かたて》でつかめるだけのお団子《だんご》を手さげぶくろに突《つ》っこむと、木のバケツを井戸《いど》の冷たい水でいっぱいにした。そして、あまりの荷物にふらふらになりながらも、精《せい》いっぱいの速さで、山腹《さんぷく》にとって返した。

竜《りゅう》は、同じ場所にいた。前よりもさらに弱り、金色の鱗《うろこ》からは生気が消えている。メイランが茂《しげ》みをかき分け近づくと、その緑色の目を開け、弱々しく彼女《かのじょ》を見つめた。メイランはひざまずき、竜《りゅう》の金色の頭をさすった。

「きっとだいじょうぶですから、〈偉大な者《いだい》〉さま。わたしがお助けしますから」

口ではこう言ったものの、本当にだいじょうぶなのか、メイランには見当もつかなかった。

メイランは、水が飲みやすいようにと、竜《りゅう》の頭を静かに持ち上げた。竜《りゅう》は気持ちよさそうにバケツの水を飲むと、ひと息ついた。それを見たメイランは、お団子《だんご》を一個《こ》一個《こ》、竜《りゅう》の口に運び、ふたたび水をあたえた。

「少し楽だ」竜《りゅう》は口を開いた。「いや、だいぶ楽になった。ありがとう、小さな娘《むすめ》さん」

「光栄です、竜《りゅう》さま。でも、助けを呼《よ》ぶことはできませんでした。お医者さまは竜《りゅう》なんていないって言うし、村長さんも、竜《りゅう》ははるか昔に死にたえたと言って、とりあってくれません。親でさえ、〈偉大《いだい》な者〉さまがわたしのような小娘《こむすめ》に話しかけてくださったことを、信じてくれませんでした。ですから、傷《きず》をみてくれる者も、賢明《けんめい》な教えをさずけてくれる者も連れてこられず、一人っきりでもどってきてしまいました。でもわたしに、できるかぎりのことをさせてください」

竜《りゅう》の瞳《ひとみ》の奥《おく》が小さくゆらめくと、より明るく、するどい緑色になった。

「すべての村人がわたしをわすれてしまったというのか？」

にわかには信じられないといった様子。

「あなたがたが最後に姿《すがた》をお見せになってから、もう、ずいぶんと時がたってしまったんです」

メイランは竜《りゅう》を気づかい、言った。

「父の代の人も、おじいさんの代の人も、おじいさんのそのまたおじいさんの代の人でさえ、竜《りゅう》さまをその目で見た者はおりません。もし直接《ちょくせつ》目にしていれば、必ず覚えているはずです。わすれられやしませんもの」

長い沈黙《ちんもく》が流れた。

「でも、やっぱり……ほかの人があなたを発見してくれてたら……。もっと偉《えら》い人が……」

メイランが、消え入るような声で言った。

竜《りゅう》は答えず、静かに目を閉《と》じた。

メイランはせきばらいすると、きぜんとして言った。

「よろしければ、傷《きず》の手当をさせていただきたいのですが」

竜《りゅう》はだまったまま、メイランの手が傷《きず》ついた翼《つばさ》にとどくよう、寝返《ねがえ》りを打った。

メイランは、注意深く患部《かんぶ》をあらうと、傷口《きずぐち》にこびりついた血と泥《どろ》を、ちぎった木綿《もめん》でふき取った。ひるみながらも矢の柄《え》をつかみ、竜《りゅう》の肩《かた》からぬき取ると、怒《いか》りをこめて地べたに投げすてた。続いて、不自然にねじ曲がった巨大《きょだい》な金色の翼《つばさ》を両手でしっかりつかむと、歯を食いしばり、力いっぱい引っぱった。ガチッと音がして、翼《つばさ》がはまった。翼《つばさ》は背中《せなか》の両わきに、自然な感じで折りたたまれた。翼《つばさ》とはこうあるべきだ、という姿《すがた》で。メイランは傷《きず》あとに薬草をぬりつけると、木綿《もめん》の布《ぬの》をたてに引きさき、ていねいに巻《ま》きつけた。

竜《りゅう》は、「痛《いた》みが引いていく」と言いながら、くつろいだ感じで草の上に身をしずめた。「ありがとう。小さな娘《むすめ》さん。よくやってくれた。少しねむったほうがよさそうだ」

緑色の目はいったん閉《と》じられたが、ふたたび開き、「歌をうたってくれんか？」と、ねむそうな声で言った。

メイランは、竜《りゅう》の横にすわると、金色の頭をなでながら歌った。ねむりにいざなうやさしい歌を。月光や星の多い夜にだけ咲《さ》くお香《こう》の香《かお》りがする白い花の歌や、コオロギの子守り歌を。

やがて竜《りゅう》は、ねむりについた。

メイランは、布団《ふとん》をいっぱいに広げ、竜《りゅう》にかけると、音を立てないよう、爪先《つまさき》立ちでその場をあとにした。

5　緑目の竜《りゅう》の物語（2）――北からの侵略者《しんりゃくしゃ》

来る日も来る日も、メイランは山腹《さんぷく》に通った。竜《りゅう》の回復《かいふく》を願い、ブタ肉とタケノコ入りショウガスープ、ごはん、お茶、そして患部《かんぶ》にぬるたくさんの薬草をかかえて。

ある日の午後は、お湯でいっぱいのバケツを運び上げ、石けんを使い、竜《りゅう》の身体《からだ》を丹念《たんねん》にみがきあげた。金色の鱗《うろこ》は、ふたたび、そのかがやきを取りもどした。

竜《りゅう》の傷《きず》がいえるまでの間、メイランは、自分の日常《にちじょう》を歌や物語にして竜《りゅう》に伝えた。竜《りゅう》がよい聞き手だったことも手伝い、女の子としてのみじめな日々、そのすべてを知ってもらうことができた。

ペットのコオロギ、ユエタンがうばわれたことも話した。家でのあつかわれ方は相変わらずだったが、竜《りゅう》に話すことで、メイランは活力と平穏《へいおん》な気持ちを得ることができた。

ある日、彼女《かのじょ》が山腹《さんぷく》からもどると、村じゅうがやけにさわがしかった。なんでも、北方から知らせがとどいたらしい。北からの使者は広場のベンチにすわり、あふれる汗《あせ》をぬぐいながら、酒で気持ちを落ち着けていた。

みなが、いっせいにしゃべっていた。その顔は青ざめ、女の人や小さな子どもの中には、泣いている者さえいる。「山賊《さんぞく》」という言葉が、ほうぼうから聞こえてきた。

「山賊《さんぞく》の襲撃《しゅうげき》だ！」

「北からモンゴルの山賊《さんぞく》がやってくるぞ！」

メイランも恐怖《きょうふ》を覚えた。おさないころから、山賊《さんぞく》がいかにおそろしいかを言い聞かされてきた。獰猛《どうもう》で野蛮《やばん》なモンゴルからの侵略者《しんりゃくしゃ》は、行く手をさえぎるすべての者を殺し、村ごと焼きはらってしまうという。彼《かれ》らは、燃《も》えるような赤い目と鼻孔《びこう》の、怪物《かいぶつ》のような黒馬にまたがり、斧《おの》、剣《けん》、槍《やり》で武《ぶ》装《そう》しているという。彼《かれ》らが通りすぎたあとには、建物の残骸《ざんがい》だけがくすぶり、ネコや犬でさえ皆殺《みなごろ》しにされ、動くものは何も残らないとか。

村人は、何かめんどうなことが近づくと、じょうだんめかして「山賊《さんぞく》がやっくる！」と言ったものだ。メイランの父も、役人が年貢《ねんぐ》を集める時期が来るたびに、このじょうだんを口にしたものだ。

しかし、本物の山賊《さんぞく》の来襲《らいしゅう》は、想像《そうぞう》していた以上におそろしかった。とても、じょうだんなど口にできる状況《じょうきょう》ではなかった。

家にもどると、両親が半狂乱《はんきょうらん》で荷づくりをしていた。村から逃《に》げようというのだ。

母は、わずかばかりの財産《ざいさん》を布《ぬの》に包みこんでいた。ひとふくろの金貨《きんか》、銀のスプーン六個《こ》、特別な日だけに身につけるチョウの形をした髪飾《かみかざ》り。父は、道具類をひもで結んでいた。リイツーは、ただただユエタンの入ったかごを抱《だ》きしめ、シャオタオは、あまりの恐怖《きょうふ》に目を丸くしたまま、衣類のつまったふくろの横でかたまっていた。

「とっとと食料をつめこみなさい！」

母親がメイランをどなりつけた。言葉使いなど気にしていられない、といった感じだ。

「お米、肉。お茶をひとびん。とにかく手当たりしだいよ」

メイランは、素直《すなお》にしたがうふりをして、炊《た》き上がったばかりのごはんの湯気が立ちのぼる台所へと向かった。そして後ろをチラッと見やると、ドアをすりぬけ、いまだかつて走ったことのないほどの速さで山腹《さんぷく》に向かった。

竜《りゅう》は起きていた。メイランが茂《しげ》みをかき分け、落ちた小枝《こえだ》を足で踏《ふ》みつぶし、近づいてくる姿《すがた》を見守っていた。すっかり息を切らしたメイランは、しばらく話すことができなかった。

「小さいの、どうかしたのかい？　いったい何があったというのだ？」

心配そうに竜《りゅう》がたずねた。

「山賊《さんぞく》がやってくるんです！　北から侵略者《しんりゃくしゃ》が！　わたしたちは皆殺《みなごろ》しにされ、村は焼かれてしまいます。どうか偉大《いだい》な竜《りゅう》さま、わたしたちをお助けください！」

メイランは両手で顔をおおった。

竜《りゅう》はまゆをひそめた。

「わたしは、そなたの村にあまり恩《おん》を感じておらん。こまっておるのに、だれも助けに来やしない。中には、わたしの存在《そんざい》さえ信じようとしない者までいる」

メイランは竜《りゅう》を見上げ、言った。

「たしかに、彼《かれ》らはまちがいをおかしました。でも決して、悪意があったわけじゃないんです。あなたのことを知らないだけなんです。村には、赤ちゃんや小さな子どももいます。どうかお願いです、〈偉大《いだい》な者〉さま。山賊《さんぞく》が村人を皆殺《みなごろ》しにするのを、ゆるさないでください」

竜《りゅう》は、しばらくだまったままだった。目は半分閉《と》じられ、内なる心の声に、じっと耳をかたむけているかのよう。

「こまった者に手を差しのべるというのは、大切なことだったな」

竜《りゅう》は、光沢《こうたく》のある金色の爪《つめ》でメイランのほほをやさしくなでると、静かに言った。

「小さな者よ。もどって家族を手伝いなさい。わたしに何ができるか、考えてみよう」

道は、逃《に》げまどう村人でいっぱいだった。あまりのおそろしさに泣くことさえわすれた赤んぼうが親の背《せ》にしがみつき、老人が、やかん、なべ、枕《まくら》で山積みの手押《てお》し車をけんめいに押《お》している。ある女の人は、家の財産《ざいさん》であるブタを両手でかかえ、別の女の人は、メンドリと六羽のヒヨコが入った丸いかごを抱《だ》きしめている。

医者と村長の姿《すがた》もあった。医者は、恐怖《きょうふ》におびえた四人の召使《めしつか》いがかつぐ籐《とう》の椅子《いす》の上にすわっていた。村長は、翡翠《ひすい》がちりばめられた革《かわ》の手綱《たづな》を手に、シルクのリボンで尾《お》を飾《かざ》った白馬の上にいた。だれもが、恐怖《きょうふ》で顔が青ざめていた。

人波の後ろから悲鳴が聞こえた。続いて、だれかがさけぶ声。

「急げ、走るんだ！　早く！　もたもたしていると、山賊《さんぞく》に食われちまうぞ！」

村長は、「とてもわたしの手には負えん！　みなの無事を祈《いの》る」と、どなると、いななく白馬に気がくるったように拍車《はくしゃ》をかけた。「走れ！　向こうの丘《おか》めがけて」

メイランは、人波の彼方《かなた》に目をこらした。地平線には黒い煙《けむり》がたちこめ、逃《に》げまどう村人にせまっていた。それは、北からの侵略《しんりゃく》者が駆《か》る馬の蹄《ひづめ》がまきあげる土煙《つちけむり》だった。山賊《さんぞく》の姿《すがた》はどんどん大きくなり、殺意を秘《ひ》めた槍先《やりさき》や鉄かぶとが、太陽の光を反射《はんしゃ》してキラキラ光った。やがて、剣《けん》がガシャガシャ鳴る音や、勝利を信じきった雄叫《おたけ》びまでが、耳にとどくようになった。

もうだめ。メイランは思った。とても馬に乗った山賊《さんぞく》から逃《に》げおおせることはできないだろう。人ごみの中に両親の姿《すがた》を見つけた。母はシャオタオをしっかり抱《だ》きかかえ、父はリイツーを自分の背後にかばうと、道具入れから斧《おの》を引っぱり出している。だれもが、恐怖《きょうふ》で金切り声をあげ、泣きさけんでいた。蹄《ひづめ》の音、山賊《さんぞく》の雄叫《おたけ》びは、どんどん近づいてくる。

「皆殺《みなごろ》しにされるぞ！」

だれかがさけんだ。

メイランは、その場にたたずむと、目を閉《と》じた。「どうか偉大《いだい》なる竜《りゅう》さま」口から声がもれた。「どうか、今すぐ来てください」メイランは祈《いの》った。

ふいに、周囲の音が変わった。侵略者《しんりゃくしゃ》の怒声《どせい》は消え、苦しそうにあえぐ声や、信じられないといった驚愕《きょうがく》の声に変わった。太鼓《たいこ》のようにいきおいよく鳴りひびいていた蹄《ひづめ》の音は、おそく、弱くなり、やがて止まった。村人もまた、一様《いちよう》に静かになっていった。だれもが息をのみ、張《は》りつめた空気があたりを支配した。

メイランは、ゆっくり目を開けた。頭上には、巨大《きょだい》な竜《りゅう》の姿《すがた》があった。彼女自身《かのじょ》も畏敬《いけい》の念に打たれ、息をのんだ。翼《つばさ》は大きく広げられ、鱗《うろこ》が目もくらむまぶしさで光りかがやいている。まるで太陽そのもののように。

竜《りゅう》は、頭をふりかざすと、うなり声をあげた。声は山や丘《おか》にこだまし、あたり一面に鳴りひびいた。

「とっとと立ち去るのだ。まったくもっていまいましい。そして、二度と来るな」

竜《りゅう》の声がとどろいた。

竜《りゅう》は、巨大《きょだい》なあごを開くと、稲妻《いなずま》のようないきおいで赤い炎《ほのお》を解《と》き放った。

「早く立ち去らないか！　全滅《ぜんめつ》したいのか！」

あれほど血に飢《う》え、獰猛《どうもう》だった山賊《さんぞく》は、あまりの恐怖《きょうふ》に、ただただうめき声をあげるばかり。やおら馬の向きを変えると、ふり返ることなく、一目散《いちもくさん》に、もと来た方角へと半狂乱《はんきょうらん》で逃《に》げ帰っていった。土煙《つちけむり》が宙《ちゅう》に舞《ま》った。

竜《りゅう》は、もう一度うなり声をあげた。それは大地をゆるがす、太い笑い声だった。竜《りゅう》は金色の翼《つばさ》をきらめかせ、地上におり立つと、あっけにとられている村人のほうに向きなおった。

村長、医者、農夫、子どもたち、キーキー鳴きさけぶブタをかかえた女性《じょせい》、赤んぼう、老人、メイランの両親、リイツーとシャオタオ。竜《りゅう》は村人一人一人を観察した。

村人は押《お》しだまったまま、竜《りゅう》を見上げていた。やがて穂《ほ》が風にたなびくように、いっせいに頭《こうべ》をたれた。

山賊《さんぞく》が去るやいなや、村長は以前の威厳《いげん》をとりもどしていた。白馬からおりると、ツバメと菊《きく》の花の刺繡《ししゅう》が入ったうすい緑色のコートを正し、人々を手で押《お》しのけながら前に出た。

「ああ、〈偉大《いだい》な者〉よ」

村長は、もったいぶった口調で竜《りゅう》に話しかけようとした。しかし竜《りゅう》は、軽蔑《けいべつ》しきった表情《ひょうじょう》で「しっしっ」と腕《うで》をふり、とりあわない。緑色の目は群衆《ぐんしゅう》をひととおり見わたすと、メイランの前で止まった。

「近くにおいで、小さい女の子よ」

メイランは、かかえていたものを下に置くと、竜《りゅう》の足もとまで進んだ。

竜《りゅう》は手を伸《の》ばし、金色の爪《つめ》でメイランの髪《かみ》をやさしくなでた。

「この娘《むすめ》が」竜《りゅう》は村人に向かって言った。「この娘《むすめ》が、飢《う》えたわたしに食べ物をあたえ、わたしの傷《きず》を癒《いや》してくれた。この娘《むすめ》一人が心細かったわたしをなぐさめ、落ちこむわたしに勇気をあたえてくれた。この娘《むすめ》がわたしの命を救ってくれた。大人たちが……」

緑色の目が村長をにらんだ。村長の顔は、恥《は》ずかしさで真っ赤になった。竜《りゅう》は医者に目を向けた。医者は目をふせた。

「大人たちが、わたしを見殺しにしている間にな。わたしは、この娘《むすめ》のために村を救ったのだ」

竜《りゅう》は首を起こし、光りかがやく金色の翼《つばさ》を折りたたむと、メイランに向かって深々とおじぎをした。

「ありがとう、小さい女の子よ」

村人の口から、おどろきの声がもれる。竜《りゅう》は、長い首をメイランの顔の高さまで下げると、メイランだけに聞こえるよう、小さな声で言った。

「手を出しなさい」

メイランは、恥《は》ずかしそうにてのひらを上に向け、右手を前に差し出した。竜《りゅう》は腕《うで》を伸《の》ばすと、てのひらの真ん中を、金色の爪《つめ》の先でチクリと刺《さ》した。メイランはするどい痛《いた》みを覚え、思わずうめき声をあげた。痛《いた》みはしだいにうすれていき、変わってあたたかく、心地よい感覚が体じゅうに広がっていった。見ると、さされた傷《きず》あとはどこにもなく、てのひらの真ん中に、決して消えることのない、小さな金色の点が光りかがやいていた。

「わたしたちはつながれたのだ」

竜《りゅう》は、やさしくメイランに語りかけた。

「おまえはわたしの妹であり、すべての竜《りゅう》の友人だ。おまえは、われわれが地球上に存在《そんざい》するかぎり、われわれの記憶《きおく》の中で、名誉《めいよ》ある存在《そんざい》として称《たた》えられるだろう」

竜《りゅう》はもう一度、金色の爪《つめ》で彼女《かのじょ》の髪《かみ》をなでた。

「元気でな、小さい女の子。どうかわたしをわすれないでいておくれ」

お香《こう》のようなよい香《かお》りの風を巻《ま》き上げ、竜《りゅう》の身体《からだ》が宙《ちゅう》に舞《ま》い上がった。その姿《すがた》は、前よりいっそう強く、光りかがやいて見えた。

竜《りゅう》は、しばらく村の上を旋回《せんかい》していた。メイランは空を見上げ、村人に向かい、雄壮《ゆうそう》に会《え》釈《しゃく》をする竜《りゅう》の姿《すがた》を見守った。竜《りゅう》とメイランの目が合った。竜《りゅう》はほほえむと、彼女《かのじょ》に向かってウインクをした。竜《りゅう》は去った。

三人は、現実《げんじつ》の世界へと引きもどされた。竜《りゅう》の目が、三人の頭上の暗闇《くらやみ》を名残《なごり》おしそうに見つめている。灰色《はいいろ》の岩はただの向こうに、別の場所、別の時を見ているかのように。

やがて竜《りゅう》は、夢《ゆめ》から覚めたように首をふった。

「メイランは、コオロギを取りもどせたの？」

サラ・エミリーがたずねた。

「いかにも。その日の夜、リイツーが、メイランの枕《まくら》もとにユエタンを返しに来た。彼《かれ》は、コオロギの入った小さなかごをメイランにわたし、『お姉さま、これまで申しわけありませんでした』と言うと、わっと泣き出した。メイランは彼《かれ》を抱《だ》きしめると、リイツーが自分の布団《ふとん》をメイランのすぐわきまで持ってきさえすれば、二人いっしょにユエタンの鳴く声でねむれる、と言った」

「メイランは、ぼくなんかより、ずっとやさしい人間なんだね」

感心したザカリーが言った。

「そう思うかい？」

竜《りゅう》はやさしく言うと、独《ひと》り言のような口調で物語をしめくくった。

「その日から、中国のその地方では、女の子どもも、男の子ども同様、宝物《たからもの》として大切にあつかわれるようになったのだった」

「メイランはどうなったの？」

ハナがたずねた。

「大人になってかい？　彼女《かのじょ》は織物《おりもの》職人《しょくにん》の親方になった。史上初めて、女性《じょせい》がその地位を手に入れたのだ。それまで、親方というのは伝統的《でんとうてき》に男がなるものだった。しかし彼女《かのじょ》には、あふれる才能《さいのう》があった。なかでも、金色の竜《りゅう》と竹の模様《もよう》を織《お》りこんだ作品は、たいへんな評判《ひょうばん》で、皇帝《こうてい》の長女の結婚《けっこん》祝いとして宮殿《きゅうでん》にとどけられたほどだった。もっとも、村の年寄《としよ》りのなかには、親方になった彼女《かのじょ》をこころよく思わない者たちもいたがな。〝初めて〟というのは、なんにせよ、困難《こんなん》がつきまとうものだ」

竜《りゅう》は、金色の爪《つめ》を伸《の》ばし、ハナの髪《かみ》をやさしくかきあげた。

「道を切り開くというのは、決してたやすいことではないのだよ」

金色のまぶたが徐々《じょじょ》に緑色の目をおおい、竜《りゅう》はゆっくり頭《こうべ》をたれた。三人は、静かに立ち上がった。

「またお会いできる？」

ハナが小声でたずねた。

竜《りゅう》は頭をもたげ、「わたしは、しばらく休むことにする」と言うと、ねむそうにあくびをした。そしていったん目を閉《と》じると、うす目を開けた。暗闇《くらやみ》の中に緑の裂《さ》け目がうかび上がる。

「わたしは休むが、ほかの者たちが、きっとおまえたちに会いたがることだろう」

かすかに聞きとれるくらいの小さな声だった。緑の裂《さ》け目がわずかに大きくなった。

「ただし、おまえさんたちが、この出会いをうまいこと秘密《ひみつ》にしておいてくれるならば、だ。約束できるかな？」

竜《りゅう》は、少し強い口調で三人に問いかけた。

「何度か不快《ふかい》な思いをしているのでな……大人たちは、まったくもって予測《よそく》のつかない行動をとる……」

「狩人《かりゅうど》のことを言ってるの？」

サラ・エミリーがたずねた。

「狩人《かりゅうど》か……」

竜《りゅう》は反射的《はんしゃてき》に言葉をなぞった。

「ある面ではな、いとしい子よ。狩人《かりゅうど》もしかり、その他もろもろもだ」

ハナは、サラ・エミリーが次の質問《しつもん》をする前に、あわてて耳打ちをした。

「彼《かれ》が言いたいのは、『狩人《かりゅうど》もそうだけど、大人たちはだれも似《に》たようなものだ』ってこと」

「だれにも言いません。約束します」

ザカリーが誓《ちか》った。

「ありがとう、いとしい子よ」

竜《りゅう》は洞窟《どうくつ》の床《ゆか》に頭を寝《ね》かせた。それがくつろげる姿勢《しせい》のようだ。

「近々またおいで」

竜《りゅう》は、つぶやくように言った。

「たずねてくれる者がいるというのは、うれしいものだ。実のところ、少しばかりさびしい思いをしておった」

洞窟《どうくつ》は、煙《けむり》のにおいと、竜《りゅう》のいびきで満たされた。子どもたちは、洞窟《どうくつ》の入り口に向かって静かに後ずさりをはじめた。ハナだけは、なかなか立ち去れず、しばらくその場にたたずんでいた。

ハナがささやいた。「おやすみなさい、偉大《いだい》なる竜《りゅう》さん」

竜《りゅう》はまどろみの中「おやすみ、小さな女の子」と、返事した。

洞窟《どうくつ》の外に出た三人は、ふりそそぐ太陽のまぶしさに目をしばたたかせた。ザカリーは岩棚《いわだな》に腰《こし》をおろすと、一気にまくしたてた。

「信じられない！　すごい！　ほんとにすごいや！」

そして、姉と妹に向きなおって続けた。

「ねえ、あれ、全部、ほんとにあったことだと思う？」

「ほんとにあったことよ。わたしたちの目の前でね」

ハナも興奮《こうふん》し、ほほを紅潮《こうちょう》させていた。

サラ・エミリーだけ、元気がなかった。

「わたしったらバカみたい。あんなにこわがっちゃうなんて……」

ハナは首を横にふると、「全然バカじゃないわ。みんな、最初は本気でこわかったもの」と言い、サラ・エミリーをやさしく抱《だ》きしめた。

洞窟《どうくつ》の入り口を見ながら、ザカリーが言った。

「また明日、来ようよ」

6　秘密《ひみつ》の箱

翌日《よくじつ》は、あいにく雨だった。次の日も雨、そのまた次の日も雨だった。空はどんより、えんぴつの芯《しん》のような、なまり色。雨つぶがはげしく屋根をたたき、樋《とい》をつたって流れ落ちる。

『銀色の家の秘密《ひみつ》』を執筆《しっぴつ》中の母親は、天候のことなどまったく気にならない様子で、クライマックス・シーン（主人公である家庭教師《きょうし》の女の子が、殺人の現場《げんば》に遭遇《そうぐう》するシーンだ）に没頭《ぼっとう》していた。

ハナ、ザカリー、サラ・エミリーは、雨のせいで、あてがはずれっぱなしだった。三人は「殺人シーンを描《えが》く」なんてひまつぶしは、持ちあわせていないのだ。目を覚まし、雨音を耳にするたびに、三人の気持ちはしずんでいった。

「まったく、こんなんじゃ、ドレイクの丘《おか》に行けやしないじゃない！」

ハナがなげいた。

「ずっと寝《ね》て、この天気をやりすごせたらいいのに。ファフニエルみたいに」

ザカリーは雨に腹《はら》を立てた。

三人は、ひまつぶしの遊びをやりつくしてしまっていた。チェッカーもやった。双六《すごろく》もやった。モノポリーもやった。しかし、気分はいっこうに晴れなかった。そこで各自、好きな本を読んだ。正確《せいかく》には、読む努力をしてみた。ジョーンズ夫人のアップルパイづくりを手伝ってもみた。しかし、どれもぱっとしなかった。結局三人は、ほとんどの時間を、いっぷう変わった塔《とう》の小部屋で過《す》ごした。

「着いたらびっくりするよ、ハナ。あんなすてきな場所、めったにないんだから」

ほこりっぽい階段《かいだん》をのぼりながら、サラ・エミリーが言った。

「ザカリーが、マヒタベルおばさんが小さいころ使っていた部屋なんじゃないかって」

ザカリーの手には、鉄の鍵《かぎ》がしっかりとにぎられていた。

「おばさんがわたしたちに鍵《かぎ》を送ってくださったのには、深い理由があるにちがいないと思うの。何か特別なものでもあるのかな？」

ハナがたずねた。

「実はもう、その特別なものを見つけている気がする。木箱。宝物《たからもの》が入っていると思うんだ」

ザカリーが答えた。

「でも、開けられないの」

悔《くや》しそうにサラ・エミリーが言った。

「いったいどんな形をしてるの？　ファフニエルと関係ありそう？」

ハナは、興奮《こうふん》した声でたずねた。

「ついてきて。今、見せるから」

ザカリーは、塔《とう》の部屋へと続くとびらの鍵《かぎ》を慎重《しんちょう》にあけ、先頭に立って鉄のはしごをのぼると、はねぶたを上に押《お》し上げた。三人は、木の床《ゆか》の上にはい出た。

「まあ、なんてすてきな部屋なの！　もし、ここがわたしの家だったら、ぜったい、ここを自分の部屋にするわ」

立ち上がるなり、ハナが言った。そして丸窓《まるまど》に近寄《ちかよ》ると、雨にぬれ、雲が渦巻《うずま》くドレイクの丘《おか》を、せつなそうに見つめた。

ハナは、窓《まど》からはなれると、あらためて小部屋の中を物色《ぶっしょく》し始めた。色づけされた木彫《きぼ》りの人形に指をすべらせたかと思うと、ドラを軽くひとたたき。ピンク色の巻《ま》き貝を一つ手に取ると、耳にあてる。

「こうすると、海の音が聞こえるの」

サラ・エミリーも、貝を拾うと耳にあててみた。耳をそばだてた彼女《かのじょ》は、目をまん丸にしてたずねた。

「これ、本当に海の音？」

ザカリーが、くすくす笑った。サラ・エミリーの表情《ひょうじょう》がくもった。

「わたしったら、またバカなこと言ってる？」

「そんなことないわ」ハナが答えた。「ほら、今度は二個《こ》の貝でやってごらん」

そう言うと、サラ・エミリーの空《あ》いている耳に、別の巻《ま》き貝を押《お》しあてた。

「今度は二つの海の音が聞こえる」

サラ・エミリーはふたたび目を丸くした。

「それ、海の音じゃないの」ハナが解説《かいせつ》する。「貝を耳にあてて聞こえる音の正体は、耳の血管を血液《けつえき》が流れる音なんだって。学校で習ったの。でも、海の音って思うほうがすてきでしょ？　貝が自分のふるさとを想《おも》っているみたいで」

「マヒタベルおばさんも、これが大好きだったんだね。ぜったいそうよ」

サラ・エミリーはハナに向かってほほえんだ。ハナもほほえんだ。

「見て、とっても古い童話」

本棚《ほんだな》に目をうつしたハナが言った。

「いくつか読んだことがある。ほら、『ジャングルブック』。『サニーブルック農場のレベッカ』

や『ポリアンナ』もある。それに『五人の小さなペッパーちゃんはどのように育ったか』も

「『ペッパーちゃん』？（ペッパーは英語で胡椒《こしょう》のこと）」

サラ・エミリーは、胡椒《こしょう》を人間のようにあつかう題名がおかしくて笑った。

「ペッパーは子どもたちの名前。名字がペッパーだったの」

ハナは説明すると、本を手に取った。

「ねえ、ここ見て」

そう言うと、サラ・エミリーに開いたページを見せた。最初のページに書きこみがあった。

「読めない。だって、字がくねくねしすぎているんだもん」

眉間《みけん》にしわをよせたサラ・エミリーが言った。

ハナは、本を手もとにもどすと、読み上げた。

「『わたしのかわいい姪《めい》、マヒタベルへ　十一歳《さい》のお誕生日《たんじょうび》記念に　あなたの幸せをお祈《いの》りして。エルヴィラおばさんより愛をこめて』」

サラ・エミリーは、『ポリアンナ』を本棚《ほんだな》から取り出すと、最初のページを開いた。

「こっちにはラベルがある……。『マヒタベル・デイビスのもの』だって」

「それは、蔵書票《ぞうしょひょう》ね」説明しながら、ハナは本を棚《たな》にもどすと、「ファフニエルに関するものがあると思ったんだけど……」と、がっかりした声で言った。「何かのメッセージとか、彼《かれ》を

もっとよく知るための手がかりとか……」

ザカリーは、部屋の反対側にある机《つくえ》のところまで行くと、いちばん下の引き出しから木箱を取り出した。

「これが、さっき話していた木箱。まったく開けられないんだ。掛《か》け金もなんにもない」

ハナは、木箱を受け取り、手の中でころがすと、正方形、長方形の木片《もくへん》がちりばめられた箱の上面を、軽くたたいた。

「部屋にあるもので怪《あや》しいのはこれだけなんだ。ほかのものはおもしろいけど、ありふれてる。わかる？　でも、この箱だけはちがう」

ザカリーが力説した。

ハナは箱を床《ゆか》に置くと、自分も腰《こし》をおろした。

「そうね。これが、マヒタベルおばさんがわたしたちに見つけてほしかったものなのかもしれないわ。だからこそ、塔《とう》への鍵《かぎ》をわたしたちに託《たく》した……」

三人は箱を中心に車座《くるまざ》になると、ひっくり返したり、こずいたり、ありとあらゆる角度から箱を観察した。

「バールでぶったたいて中を見ちゃおうか？　それか斧《おの》で……。ジョーンズのおばさんが使っていた斧《おの》が、薪《まき》のそばにあったよ」

こらえきれなくなったザカリーが言った。

「切りきざんでバラバラにされるとわかってたら、見つかるような場所に置いたりしないはずよ」

ハナは反対だ。

ザカリーは、箱の上面を指でさぐった。

「この辺が怪《あや》しいんだけどな……。何かあってもいいはずなのに。小さなつまみとか、取っ手とか……」

「ねえねえ、上の面、何かに似《に》てない？」

とつぜん、サラ・エミリーが口を開いた。

「ほら、あれ。数字のパズル。数字が書かれた四角い駒《こま》が枠《わく》に入ってるやつ。ばらばらの数字をたてや横に動かして、順番どおりにならべかえるやつ」

「それだ。そっくりだよ」ザカリーの声が大きくなる。「きっと、上の模様《もよう》をずらす仕掛《しか》けなんだ」

木片《もくへん》一つ一つを押《お》したり引いたり、ザカリーの指がせわしなく動き出した。

「一つ動きさえすれば……」

ふいに、その手が止まった。ついに彼《かれ》の指が、求めていたものをさがし当てたのだ。

模様《もよう》ほぼ中央にある、真っ黒な黒檀《こくたん》の正方形が上にずれ、カチッという音とともに、しかるべき位置にはまった。

「もしかして、〝組み合わせ鍵《かぎ》〟になってるんじゃないか……」

ザカリーがつぶやく。

「とりあえず開けてみようよ」

ハナがザカリーをうながした。

ザカリーは、両手で箱を持つと、上面全体を、力をこめて引いた。ハナとサラ・エミリーは息を殺して見守った。しかし、箱は相変わらず、かたく閉《と》じられたままだった。

「やっぱりね。きっと組み合わせがたくさんあるんだよ」

自信たっぷりにザカリーが言った。

「一個《こ》だけじゃなくて、いくつか動かさなきゃならないのね」

ハナは、黒檀《こくたん》のすぐ上にあるうすい黄色の木片《もくへん》を、手前に引いてみた。模様《もよう》が動き、しかるべき位置にカチッとはまった。

「次はどーれかな」

興奮《こうふん》を押《お》さえられないザカリーが、ココア色の長方形をずらした。

「いけそうだよ。こつがわかれば、かんたん、かんたん」

三人は、上面にうめこまれた木の模様《もよう》を、一つ一つ慎重《しんちょう》にずらしていった。

「この方法でまちがいないわ。だってほら、暗い色の木片《もくへん》がだんだんジグザグ模様《もよう》になってきてる」

ハナが指さす。

「ほんとにパズル箱だったんだ」

箱の仕掛《しか》けに感心したように、サラ・エミリーが言った。

「あと少し」ザカリーは手を休めない。「この、はしっこの模様《もよう》が最後みたい。動かしなよ、エス・イー。おまえが発見したんだから」

サラ・エミリーが最後の木片《もくへん》を動かした。ふたたび、ザカリーが木箱の上面全体を力をこめて引く。箱が開いた。

箱の中には二つのものが入っていた。一つは色あせた青いリボンが巻《ま》かれた巻物《まきもの》。もう一つは、ていねいに折りたたまれた、古いシルクのスカーフ。

ハナは、シルクの手ざわりをたしかめるかのように、スカーフをなでた。

「なんだろう?」

中に何かが包まれている。鉄のような固さで、ふちがするどくとがったもの。ハナは、スカーフをほどくと、それを取り出した。サラ・エミリーは息をのんだ。それは、それ自体に光が宿っているかのように、金色に光りかがやいていた。三人は言葉を失い、しばし、たがいの顔を見つめ合っていた。

「竜《りゅう》の鱗《うろこ》だ」

ザカリーが口を開いた。

「ファフニエルのだ……」

上《うわ》の空でサラ・エミリーが言った。

「ってことは、マヒタベルおばさんは、ファフニエルを知ってるってことね。でも、いつファフニエルと出会ったの？　ファフニエルはなぜ、この島にいるの？　こっちも見てみなきゃ」

ハナは巻物《まきもの》に手を伸《の》ばすと、青いリボンをほどいた。

三人は、注意深く巻物《まきもの》を広げると、丸まってしまわないよう、両はしをマヒタベルおばさんの本でおさえた。巻物《まきもの》は地図だった。上部には題名が書かれている。

「『孤島《ことう》　マヒタベル・デイビス』」

ハナが読み上げた。

「すごいや」

ザカリーは思わずうなった。

「ほんとにマヒタベルおばさんがこの地図を書いたの？」

サラ・エミリーも、おどろきの声をあげる。

それは、さまざまな色のインクを使い、精巧《せいこう》に描《えが》かれた、とても美しい地図だった。青い波線で海が表現《ひょうげん》され、三本マストの船が、帆《ほ》に風をはらみ、旗をはためかせた姿《すがた》で描《えが》かれている。船の後方には、水色のインクでクジラの小群《しょうぐん》が描《えが》かれ、いっせいに潮《しお》を吹《ふ》き上げている。地図の片《かた》すみには、バラの花をかたどった羅針盤《らしんばん》が描《えが》かれ、一つ一つの花びらが十六の方角を表していた。

「十六分割《ぶんかつ》だよ……」

ザカリーはその見事さにふたたびうなると、鼻が地図にさわりそうになるくらい、顔をそばに近づけた。

地図の中心部には三日月形の島が大きく描《えが》かれ、両はしに湾《わん》がある。下の湾《わん》には家が建っている。

「ぼくらの家だ！」ザカリーがさらに顔を近づける。「ええと、つまり、今いるところってことだけど……」

ビクトリア朝風の家が、三人にはとてもまねできないほど細かな線で正確《せいかく》に描《えが》かれていた。塔《とう》もそっくりに描《えが》かれ、てっぺんには、ちゃんと風向計がある。庭園には細かな線で柵《さく》が描《か》きこまれていた。

三日月の上のはしから少し下のところに岩山があり、その真ん中に、黄金の竜《りゅう》が小さく描《えが》かれていた。竜《りゅう》は、口から赤い炎《ほのお》を吐《は》き出している。一個《こ》一個《こ》の鱗《うろこ》、翼《つばさ》の細かな凹凸《おうとつ》、そして矢の形をしたしっぽの先端《せんたん》まで、ほぼ完璧《かんぺき》な描写《びょうしゃ》だった。竜《りゅう》は三つ又《また》で、二つの首は寝《ね》ているように目が閉《と》じられ、もう一つの首の目は、小さく開かれている。

「あれ、この目の色……灰色《はいいろ》？」

サラ・エミリーが口を開いた。

「ほんとだ、緑色じゃないわ」

ハナも不思議そうに言った。

岩山のわきには、文字が書きこまれていた。ザカリーが読み上げた。

「『ドレイクの丘《おか》』だって。その下に、小さな文字で『ファフニエルの住む場所』って」

ハナが顔を上げ、言った。

「マヒタベルおばさんに知らせなきゃ」

三人は、便箋《びんせん》、封筒《ふうとう》、そしてペンを用意した。金属《きんぞく》のペン先をインクにひたして使う、古い形式のペンだ。ハナが机《つくえ》に向かった。

ハナが書き手に選ばれたのには理由がある。彼女《かのじょ》の手書きがいちばん格好《かっこう》よかったのだ。

ハナは、一列にならべられたインクびんのラベルを一つ一つ確認《かくにん》すると、エメラルド・グリーンを選択《せんたく》した。びんのふたを開け、ペン先をひたし、慎重《しんちょう》に筆を進めた。

親愛なるマヒタベルおばさまへ

「何を書こうか？」

ハナが二人にたずねる。

「初めてファフニエルと会ったのは、いつ？」

サラ・エミリーが提案《ていあん》した。

「なんでぼくたちに、彼《かれ》のことを前もって教えてくれなかったのか、聞いてよ。それから、なんで彼《かれ》がこの島に住んでいるのかもね」

たてつづけにザカリーが言う。

「おばさんも彼《かれ》に会いに行ったの？　二人はお友達？」

「おばさんは、ぼくたちに箱の謎《なぞ》が解《と》けると思ってたのかな？」

「何歳《さい》のとき、この地図を書いたの？」

「なんでファフニエルの鱗《うろこ》を持っているの？」

「ちょっと待って！」

ハナは悲鳴を上げた。

「そんなにいっぱい、一度に書けない！」

手紙は完成し、読み上げられた。

親愛なるマヒタベルおばさまへ
わたしたち三人は、この島で、すばらしい時間を過《す》ごしています。おばさんがすすめてくださったドレイクの丘《おか》に行ってきました。そこで、ファフニエルと会いました。彼《かれ》は、またたずねてくるようにと言ってくれました。おばさんは、いったいいつ、ファフニエルと出会ったのですか？　会ってからずいぶんたつのですか？　彼《かれ》はなぜ、この島に住んでいるのでしょう？
わたしたちは塔《とう》の部屋で、竜《りゅう》の鱗《うろこ》と地図の入った箱も見つけました。
すぐにお返事くださいね。
ハナ
ザカリー
サラ・エミリー

「早く送ろうよ」

ザカリーがハナをせかした。

「お母さんから切手をもらわなきゃ」

ハナは便箋《びんせん》を折りたたみ、封筒《ふうとう》の中に入れると、はしをなめ、封《ふう》をした。

「そうだ！」

とつぜん、サラ・エミリーがさけんだ。

「マヒタベルおばさんの封蠟《ふうろう》！　家で開けたあの手紙の封蠟《ふうろう》の模様《もよう》！　あれ、竜《りゅう》だったんだ！」


ふり始めから四日め、雨はようやく弱まってきた。土砂《どしゃ》ぶりは大ぶりの雨へと変わり、やがて小雨《こさめ》ていどにまで回復《かいふく》した。

「やっと、やみそうね」ハナは、安堵《あんど》の表情《ひょうじょう》をうかべた。「もう、これ以上待たされるのは耐《た》えられないもの」

「このていどなら出かけられるよ。たいしてふってないじゃない。古いレインコートか何かないか、聞いてみようよ。傘《かさ》くらいなら、あるんじゃない？」

ザカリーは気がはやる。

「傘《かさ》かい？　もちろんあるさ」というのが、ジョーンズ氏の答えだった。「島の人間というのは、常《つね》に急な天候の変化にそなえているものなんだ。台所のとびらの裏側《うらがわ》にある、留《と》め金のところを見てきてごらん。たしか、三人にぴったり合う雨具があるはずだ」

ぴったりというわけにはいかなかった。サラ・エミリーがはおったポンチョのすそは、床《ゆか》に引きずられ、ハナのはく長靴《ながぐつ》は、ふたまわり以上大きく、ザカリーの腕先《うでさき》からは、レインコートの袖《そで》がだらしなくぶらさがっていた。

でも、そんなことは全然気にならなかった。ドレイクの丘《おか》にもどれることにくらべれば、取るに足らないことなのだ。

水しぶきをはね上げ、三人は小道を進んだ。雨雲は東のほうにぬけていた。わずかに落ちる雨がコートのフードや帽子《ぼうし》に当たり、パラパラ心地よい音を鳴らす。サラ・エミリーは空に顔を向け、雨つぶを舌《した》で受け止めた。

岩山のふもと、折り重なる巨大《きょだい》な岩の下まで来ると、ハナはスニーカーの上から、はいていたぶかぶかの長靴《ながぐつ》をぬぎすて、岩のくぼみに押《お》しこんだ。

「こんなのはいていたら、登れないもの！」

三人は、はるか上の岩棚《いわだな》を目指し、足場から足場へ、息を切らしながら、ひたすら足を運んだ。細い岩棚《いわだな》は雨にあらわれ、つるつるだった。一列縦隊《じゅうたい》で用心深くまわりこみ、荒《あ》れる海を眼下《がんか》に望む自然の展望台《てんぼうだい》に出た。目の前では洞窟《どうくつ》が暗い口を開け、雨水を飲みこんでいる。

急に不安な気持ちにおそわれた三人は、しばらく、その場にたたずんでいた。

「中があんなに暗くなければいいのに。わたし、暗いところ、きらい」

サラ・エミリーが、後ずさりしながら言った。

「ねえ、ザカリー。サラ・エミリーに懐中《かいちゅう》電灯を持たせてあげたら？　少しはこわさがうすれるかもしれないから」

ハナがうながした。

ザカリーは、レインコートのポケットに入った懐中《かいちゅう》電灯をにぎりしめると、強く首を横にふった。

「やだ！　ぼくの役目だもん。それに、落としてなくしたり、ぶつけてこわしちゃったりするかもしれないじゃないか」

「そんなことないって。だいじょうぶだから。そんなに意地張《は》らなくたっていいじゃない。たまにはゆずったって、ばちは当たらないでしょう？」

さとすような口調でハナが言った。

ザカリーは、断固《だんこ》として首を横にふった。

「ぼくのものを人にいじくりまわされたくないんだよ。だいじょうぶだよ、エス・イー。ぼくが先に行くから、あとからついておいで、さあ」

ザカリーは、懐中電灯《かいちゅう》のスイッチを入れ、足を前に踏《ふ》み出した。

三人は、洞窟《どうくつ》の入り口をくぐった。

暗闇《くらやみ》を照らし出す懐中電灯《かいちゅう》の光が、ぬれた壁《かべ》や水たまりに反射《はんしゃ》した。奇抜《きばつ》な形の鍾乳石《しょうにゅうせき》が、洞窟《どうくつ》の壁《かべ》に、おばけのような模様《もよう》をうかび上がらせている。三人は、たがいに寄《よ》りそいながら、奥《おく》へ奥《おく》へ、下に下に、進んだ。

ふいに、覚えのある、竜《りゅう》特有のにおいが鼻をついた。線香《せんこう》、シナモン、そして葉っぱをカリカリに焼いた、煙《けむり》のようなにおいだ。

「ファフニエル、そこにいる？」

ハナは、半信半疑《はんぎ》で呼《よ》びかけた。

暗闇《くらやみ》をさまよっていた懐中電灯《かいちゅう》の光の中に、とつぜん〝金色〟があらわれ、あたり一面に反射《はんしゃ》した。岩床《いわどこ》から巨体《きょたい》が身をもたげるような音がひびき、三人のはるか上方に、あざやかな青色を放つ二つの裂《さ》け目があらわれた。

裂《さ》け目はしだいに大きく、丸くなった。真ん中に、ネコのようなたて一直線の瞳孔《どうこう》がある。

三人は、それが竜《りゅう》の目だとわかった。何かをこするような低い音（かまどのような音だ）とともに、洞窟《どうくつ》がパッと明るくなった。竜《りゅう》が軽く炎《ほのお》を吐《は》き出したのだ。

二番覚醒《かくせい》だった。竜《りゅう》は、もったいぶったようにゴホンとせきばらいをし、声をととのえると、話し始めた。

「君たちは、わたしの兄の友人とお見受けするが？」

一番覚醒《かくせい》より深く、ハスキーな声。そして早口だった。竜《りゅう》は首を下におろすと、三人の顔をまじまじと見つめた。青い目がそのかがやきをました。

「ハナに、ザカリー、サラ・エミリーだね？」

三人は、とほうに暮《く》れた。三つ又《また》を相手にすると混乱《こんらん》するのだ。

「ええと……あなたのお名前もファフニエル？」サラ・エミリーが、自信なさげにたずねた。「だって、あなたがたはいっしょよね……。でも、まったく同じってわけでもないし……。えと……」

竜《りゅう》は、威厳《いげん》に満ちたうなずきを返すと、サラ・エミリーの言葉をさえぎった。

「いかにも、〝われわれ〟は黄金の翼竜《よくりゅう》ファフニエル。それがわたしたち共通の名前だ」

「寝床《ねどこ》を、こんなにびしょびしょにするつもりはなかったの」すまなそうな口調でハナが言った。「でも、外は雨がふっていて……。その雨のせいで、わたしたち、気が遠くなるくらい家から出られずにいたの」

竜《りゅう》が息をするたびに、鼻孔《びこう》の炎《ほのお》がゆらめいた。

「北西からの雨、天の涙《なみだ》か……」竜《りゅう》はつぶやいた。そして尾《お》をいったん丸めると、また伸《の》ばし、「わたし好みの天候だね」と、続けた。

「竜《りゅう》が水を好きだなんて、知らなかった」

ザカリーは意外だった。

「大好きさ。仲間には海の旅人もいる」

竜《りゅう》は遠い目で返事をした。

ザカリーは続けた。

「ジョーンズのおじさんが……彼《かれ》は島の反対のはしに住んでいる人です。ジョーンズさんがぼくたちに、船の操縦《そうじゅう》を教えてくれるって」

「実に有益《ゆうえき》な技術《ぎじゅつ》だ」竜《りゅう》は深くうなずいた。「ああ、すばらしきかな、海の人生。潮香《しおかお》る風、演習《えんしゅう》につぐ演習《えんしゅう》、勇敢《ゆうかん》な仲間たち、謎《なぞ》に満ちた港の数々」

「いや、ほんの小さな船なんですけど……」

ザカリーは、あわててさえぎった。

竜《りゅう》は、金色の爪《つめ》をチッチッチッと横にふると言った。

「大きさはたいした問題ではないのだよ、少年。最初の一歩を踏《ふ》み出すこと、そこに大きな意味があるのさ」

竜《りゅう》はウィンクすると、翼《つばさ》を大きく横に広げた。洞窟《どうくつ》の壁《かべ》いっぱいに翼《つばさ》の巨大《きょだい》な影《かげ》が広がり、その先端《せんたん》は、どれほど高いか知れない天井《てんじょう》の暗闇《くらやみ》とまじり合った。

サラ・エミリーが小さく悲鳴をあげた。竜《りゅう》は、急いで翼《つばさ》を折りたたんだ。翼《つばさ》は、背中《せなか》にたたまれた。

「ごめん、ごめん」竜《りゅう》はすまなそうに言った。「びっくりさせてしまったかな？　でも、何も心配することはないんだよ。保証《ほしょう》する。まったく心配ない。まったくね」

竜《りゅう》は軽く身もだえすると、肩《かた》をくねらせた。

「ただ、ちょっと翼《つばさ》がかゆくてね」

「あなたじゃないの」

サラ・エミリーは、みじめな気持ちでいっぱいだった。

「あなたの影《かげ》におどろいたの。あんまり大きいから。それに、洞窟《どうくつ》のはしっこがとっても暗くて……。わたし、暗いところ、だめなの」

「サラ・エミリーなら、だいじょうぶです」

ハナが、ザカリーをにらみつけながら言った。

「サラ・エミリーがザカリーの懐中電灯《かいちゅうでんとう》を持てさえすればね。そしたら、暗いところが不安になっても、すぐそこを照らせるでしょ。そしたら、何もこわくないってわかるのに」

ばつが悪いザカリーは、「言ってくれれば、どこでも照らしてあげるのに……」と、口をとがらせた。「ぼくは、自分のものを人にあずけたくないんだよ。ずっと大切にしてきたものだし。それに、この懐中電灯《かいちゅうでんとう》は特別なんだ。三色のフィルターがついてるし、電球も二つ。なにより、ぼくへのクリスマスプレゼントだもん」

竜《りゅう》の胸《むね》の奥《おく》でシューッと音がし、吐《は》かれる炎《ほのお》の明るさがました。明かりはどんどん強くなり、やがて洞穴《ほらあな》を、すみずみまで鮮明《せんめい》に照らし出した。

「暗闇《くらやみ》を照らすなんて朝飯前さ。竜《りゅう》にとってはね。気分はよくなったかい？」

サラ・エミリーが恥《は》ずかしそうにうなずいた。

竜《りゅう》は、その頭をザカリーの目の前までもっていくと、じっと見つめた。そしておもむろに言った。

「さっするに、君は、話を聞きたがっているんだね」

ザカリーはうなずいた。

「そうです。お願いします」

「わたしも聞きたい」

おねだりするように、サラ・エミリーが言った。

「聞かせてください」

ハナもお願いした。

三人は、洞穴《ほらあな》に腰《こし》をおろすと、とぐろを巻《ま》いた金色の尾《お》に背中《せなか》をもたせかけた。ファフニエルが話を始めると、洞穴《ほらあな》の中は、別の世界へと変わっていった。はだ寒い潮風《しおかぜ》の感触《かんしょく》。カモメの鳴く声。人々のざわめき、ぱちぱちと薪《まき》の燃《も》える音。パンが焼けるあまいにおい。

三人は、竜《りゅう》が語る物語の中にいた。だれかの目を通して見る、別の世界の中に。

7　青目の竜《りゅう》の物語（1）——ジャミー

「ジャミー・プリチェットは孤児《こじ》だった」

竜《りゅう》は語り始めた。

「ジャミーも、両親と子どもが一つ屋根の下で暮《く》らすという当たり前の人生を、うらやましいと思わないではなかった。だが、ジャミーは自分が孤児《こじ》であることを、それほど最悪なことだとも思っていなかった。いずれにしても、ジャミーは、彼《かれ》が覚えているかぎりにおいて、ずっと一人ぼっちだった……」


ビングル夫人の話によると、ジャミーは、まだ赤んぼうのとき、青い毛布《もうふ》の切れはしに包まれ、洗濯《せんたく》かごの中にいるところを発見されたそうだ。以来、彼《かれ》はロンドンの郊外《こうがい》にある、派手《はで》な黄色の古い孤児院《こじいん》で暮《く》らしてきた。

孤児院《こじいん》は、子宝《こだから》にめぐまれなかったビングル夫妻《ふさい》の手で運営《うんえい》されていた。夫妻《ふさい》は、みなしごや捨《す》て子を、その深い愛情《あいじょう》で引き取ってきた。しかし、院の運営《うんえい》は、決してたやすいことではなかった。建物にはすきま風が入りこみ、ところどころ、壁《かべ》がくずれていた。ビングル氏の靴《くつ》には穴《あな》があき、コートはつぎはぎだらけ。どんなにビングル夫人が生活費を節約し、やりくりしたところで、おかゆさえ、全員に行きわたらない状況《じょうきょう》だった。

孤児《こじ》たちは、空腹《くうふく》と付き合う方法を身に着けていた。ビングル氏の指揮《しき》のもと、ズボンやスカートのベルトの穴《あな》を一個《こ》つめ、肩《かた》を組んで広間の暖炉《だんろ》をとりかこむと、アフリカの沖合《おきあい》で難《なん》破《ぱ》した船の生き残りや、北極点を目指す勇敢《ゆうかん》な探検家《たんけんか》になりきるのだ。

ビングル氏は、決まって同じ台詞《せりふ》から始まる話も聞かせてくれた。「これは、わたしのおじいさんから直々《じきじき》に聞いた話だから、本当にあったこと請《う》け合いだ……」（もっとも、その話に登場するのは、竜《りゅう》や魔法使《まほうつか》い。さらには、サンショウウオやハリネズミに姿《すがた》を変えられてしまった不幸な王女さまたち。とても頭から信用できる代物《しろもの》ではなかった）。でも、話を聞いている間は、空腹《くうふく》をわすれられた。

ビングル夫人はよく歌をうたってくれた。そして、もっとも古参の孤児《こじ》から、前の週、裏口《うらぐち》の階段《かいだん》の下に捨《す》てられていた新参者の赤ちゃんまで、分けへだてなくお休みのキスをくれた。

孤児《こじ》が何人ふえようとも、家がどんなに朽《く》ちようとも、常《つね》にどこからか、一人ふえた分の余《よ》裕《ゆう》はひねり出された。しかし、両方の問題がいっぺんに起きると、かなりきびしい状況《じょうきょう》になる。

そんなわけで、ある晴れた春の日の朝、船員が下働きをさがしに来たとき、ジャミーは家を出ていくことをゆるされたのだった。

船員は大柄《おおがら》で、がっしりとした人物。赤いバンダナを頭に巻《ま》き、耳には金のイヤリングが光っている。やさしそうなほほえみをうかべ、かがやく小さな黒い瞳《ひとみ》からは、いかにも親しみやすそうといった印象を受ける。

「うちの船長が、西インド諸島《しょとう》までのキャビンボーイをさがしているんでさ」

船員は、日焼けした手をビングル氏に差し出し、握手《あくしゅ》をかわすと、礼儀《れいぎ》正しくおじぎをした。

「申し分ない船、健康的な生活、報酬《ほうしゅう》はたっぷり。その子を船長の息子《むすこ》のように大切にあつかいやす。彼《かれ》には昇進《しょうしん》のチャンスもありやす。あっしもキャビンボーイから始めやしたが、今ではこのとおり、アルバトロス号の二等航海士でさ。いつかは自分の船を持ちたいもんで」

ビングル夫妻《ふさい》は、ジャミーの頭の上で、不安そうに視線《しせん》をかわした。

「うーん……どうかしら……あぶなそうだし、あまりに遠いし……」

ビングル夫人は言葉をにごした。

ジャミーはこの日の朝、ビングル夫妻《ふさい》がいよいよ追いつめられているのを知ってしまった。

台所で、夫妻《ふさい》がひいおばあさまから受け継《つ》いだ、最後の銀のスプーンを売る相談をしているところを、見てしまったのだ。そのスプーンは、まさかのときのそなえとして、大切にとってあったものだ。

ジャミーは、愛想笑《あいそ》いをうかべている船員の目をまっすぐ見つめ、自分から口を開いた。

「行かせてください。お願いします」

この一言で、あっというまに話はまとまった。船員はとても急いでいるようで、ビングル夫《ふ》妻《さい》の出す晩《ばん》ごはんさえ、早々に切り上げるしまつ。

「明日の朝一番の潮《しお》で出航せねばなりやせん。さあ少年、荷物の用意だ」

あらためて用意するほど持ち物はなかった。ビングル夫人が、ジャミーの荷づくりを手伝った。替《か》えのシャツ。夫人が編《あ》んだ、赤い線の入った靴下《くつした》三組。防寒《ぼうかん》のためのちくちくする木綿《もめん》の下着。

夫人はジャミーを抱《だ》きしめると、いつもきれいにあらったハンカチを持つのよ、と言い、万が一のためにと、ポケットに二ペンスをすべりこませた。この二ペンスが、いかにかけがえのないものであるか、ジャミーはよく承知《しょうち》していた。

ビングル氏は、厳粛《げんしゅく》な面持《おもも》ちでジャミーの手をにぎると、幸運を祈《いの》った。

「人との約束は守りなさい。他人のものに手を出してはいけない。自分よりめぐまれない者のめんどうを見ること。そうすれば、きっとうまくやっていける。そして、できるだけ早くもどってきておくれ。さびしくなるね」

ふたたび、ビングル夫人がジャミーを抱《だ》きしめた。目には涙《なみだ》があふれている。

ジャミーが船員に手を引かれ、運命の旅路へと出発するさい、最後に目にした光景は、悲しげな表　情《ひょうじょう》をうかべて手をふるビングル氏。更紗《さらさ》のエプロンで涙《なみだ》をぬぐうビングル夫人。そして夫妻《ふさい》をぐるっととりかこみ、「ばいばい、ジャミー」「幸運を」「すぐにもどってね」「さようなら」と、口々に別れを言う孤児《こじ》たちの姿《すがた》だった。

ブラック・ベンという名の船員（彼《かれ》自身のしょうかいによる）とジャミーは、砂利《じゃり》道をてくてく進んだ。

「港までは十五キロほどだ。急ぐぞ」

船員は、長く、力強い足のペースを上げた。おくれまいと、ジャミーは小走りになった。背《せ》中《なか》で荷物が飛びはねた。

〝黄色い家〟から遠ざかるにつれ、船員の態度《たいど》がよそよそしくなっていった。ジャミーが靴《くつ》に入った小石を取るために立ち止まると、がみがみ急《せ》き立て、キンポウゲに止まった青いチョウに見とれていると、「アホガキ」とののしった。

さらに、ジャミーの腕《うで》をつかむと、「そんな、なよなよしたまね、船の上ではぜったいゆるさんからな！」とがなり、力ずくで道に引きもどした。「言うことを聞かないと、もっとひどい目にあわせてやる」

家にいたほうがよかったのではないか？　ジャミーは早くも後悔《こうかい》し始めていた。

その考えは、アルバトロス号を目にしたとき、いっそう強くなった。船は古く、きたなかった。船体はかたむいており、灰色《はいいろ》でみにくく、おまけに、におった。

きしむタラップをわたるとちゅう、ジャミーは、甲板《かんぱん》の上にあるロープのかたまりからこちらをにらむ視線《しせん》を感じた。ネズミの黄色い目と、目が合った。タラップをわたる足が止まる。

「まだまだ、うじゃうじゃいるからよ」

ブラック・ベンが、後ろからジャミーの背中《せなか》をこづいた。あたたかみのある声、やさしそうなほほえみは、あとかたもない。

「足が止まっているぞ！　動け」

ブラック・ベンのどなり声が、ジャミーを急《せ》き立てる。ジャミーは、タラップをよろよろわたり、アルバトロス号に乗船した。

甲板《かんぱん》にあらわれた新参者を、船員たちが好奇《こうき》のまなざしで見つめた。ぼろぼろの縞《しま》シャツを着た二人組が、サイコロ賭博《とばく》から目を上げ、ジャミーを指さすと、軽蔑《けいべつ》したようにニヤッと笑った。

牙《きば》をむくヒョウの刺青《いれずみ》が胸《むね》にある、赤い髪《かみ》の大男がさけんだ。

「そいつが船長の新しいガキかい、ベン？　おれには魚の餌《えさ》にしか見えねえな」

別の声がさけんだ。

「船長にたっぷりかわいがってもらうんだな。心配すんなって。なんせ、若《わか》いのを手なずけるのは、お手のもんだから」

赤い髪《かみ》の大男は、下品な笑いをうかべると、さけび返した。

「新米《しんまい》が二日もたずにやめるってのに、二ギニーだ！」

「その賭《かけ》、乗った」

甲板《かんぱん》の下から、別の声がさけんだ。

ブラック・ベンは、ふたたびジャミーをこづくと、彼《かれ》をオーク材でできた傷《きず》だらけのドアの前に引ったてた。

「ここが、これからおまえがお仕《つか》えする船長さまの部屋だ。ほら、ぼけっとすんな！」

ブラック・ベンは、とびらにかけられた掲示板《けいじばん》を荒々《あらあら》しくノックすると、いきおいよくとびらを開けた。

「新しいガキを連れてまいりました！」

室内はほの暗く、すえたにおいがした。壁《かべ》の高い位置には、うすよごれた丸窓《まるまど》。そこからわずかに入る外の光が、室内をうっすら照らし出している。

船長は、小さな机《つくえ》に向かってすわり、何か口にしているようだった。机《つくえ》の上にはワインのびん、半斤《きん》のパン、厚切《あつぎ》りのチーズがあり、足もとの床《ゆか》にはパンくずがこぼれていた。

船長のほほには大きな赤い傷《きず》あとがあり、もじゃもじゃのひげの中へと伸《の》びていた。くもった真鍮《しんちゅう》のボタンがついた青いコート。しみがついたままの黒い半ズボン。長い黒ブーツ。ベルトには大きく曲がった刀が差しこまれ、右のブーツからは、ナイフの柄《え》が突《つ》き出ている。

船長は、意地悪そうな表情《ひょうじょう》をうかべてジャミーを見ると、ぼろぼろの黄色い歯をむき出し、ニタッと笑った。

「名前はなんという？」

「おめえに聞いてるんだ。さっさと答えんか！」

ブラック・ベンが、ジャミーの耳を平手でたたいた。

「ジャ、ジャミー・プリチェット、で、です」

ジャミーは舌《した》がもつれた。

「で、海に出てえってか？　あん？　若《わか》いの」

船長は、ニタニタ笑いをうかべたままワインのびんをぶらぶらさせると、手の甲《こう》で口をぬぐい、続けた。

「年老《お》いたアルバトロス号に乗りたいってか？　あん？」

ジャミーは勇気をふりしぼり、言おうとした。「いいえ。遠慮《えんりょ》させていただきます、船長。家に帰りたいと思います」。しかし、ジャミーが口を開こうとした瞬間《しゅんかん》、別の声が鳴りひびいた。

「逃《に》げろ！」

甲高《かんだか》い声だった。声は、船室の暗いすみ、寝台《しんだい》のはしからぶらさがっている、ぼろぼろのビロードのカーテンの向こう側から聞こえてきた。

「チャンスがあるうちに、逃《に》げろ！　逃《に》げろ！　チャンスがあるうちに、逃《に》げろ！」

声は警告《けいこく》をくりかえした。

ジャミーは飛び上がった。ひょっとして頭の中の考えが、独《ひと》り言のように口をついて出てしまったのだろうか？　心臓《しんぞう》がバクバク鳴っている。

船長は、まったくもっていまいましい、とばかりに椅子《いす》をぐいっと後ろに押《お》しやると、長い腕《うで》を伸《の》ばし、カーテンをがばっと開いた。

警告《けいこく》を発する甲高《かんだか》い声の主は、鳥だった。黄色い目をした、緑と赤のみすぼらしいオウム。オウムは金属製《きんぞくせい》の止まり木に、片足《かたあし》をつながれていた。

「だまれ！　ノミ以下のくずが！」

船長はオウムをどなりつけると、こぶしでオウムをなぐりつけた。羽根が飛び散り、オウムは、金切り声とともに止まり木から落っこちた。床《ゆか》に落ちたオウムを見つめていたジャミーは、その床《ゆか》が上下にゆれていることに気がついた。アルバトロス号は、すでに大海原の上だった。もう引き返すことはできない。

8　青目の竜《りゅう》の物語（２）――アルバトロス号の航海

ジャミーは疲《つか》れていた。疲《つか》れきっていた。腰《こし》をおろすひまさえなかった。毎晩《まいばん》、やっとの思いでハンモックにはい上がる。下から、だれかの固いブーツが「とっとと働かんか、こののろま」とおしりをけり上げ、新たな仕事を告げる、ほんの束《つか》の間《ま》の間だけ。めんどうな雑用《ざつよう》は、すべてジャミーにまわってきた。床《ゆか》の清掃《せいそう》、食器みがき、樽《たる》の修理《しゅうり》、積み荷の引き上げ、ゴミ捨《す》て、帆《ほ》の修繕《しゅうぜん》、果てしなく続くイモの皮むき……。さらに、船長のお世話がある。寝台《しんだい》を整え、ブーツをみがき、刀を研《と》ぎ、食事を運び、オウムの世話をした。オウムのアーネスタインは、アルバトロス号における唯一《ゆいいつ》の友達だった。もっとも、船のネコをのぞいてだが。

ネコはやせており、片足《かたあし》が白いほかは真っ黒だった。ジャミーは、ネコをコガネムシと名づけた。船員の目につかないよう、ロープや樽《たる》の後ろをこそこそはいまわっていたからだ。船員は、コガネムシに気がつくと（気づくことなどめったにないのだが）、決まってびんを投げつけた。ときには、ジャミーがその標的になることもあった。

ジャミーは、コガネムシを気に入っていた。逆境《ぎゃっきょう》を耐《た》えぬく仲間として心が通じ合う気がしていた。もっとも、ジャミーに言わせれば、ネコのほうが自分よりいくらか不幸だった。コガネムシには、一度だって、家と呼《よ》べるものがなかったからだ。

ジャミーは、そまつな食事の中から、乾燥《かんそう》した牛肉を選《え》り出してはコガネムシにあたえた。コガネムシは、ほかの船員が寝静《ねしず》まると、ジャミーのハンモックにもぐりこみ、身体《からだ》をすりよせてきた。冷えきったジャミーの身体《からだ》をあたためようとするかのように。

アーネスタインとコガネムシがいなければ、船上での生活は、さらに孤独《こどく》で、みじめなものになっていただろう。そうジャミーは思った。そして、アルバトロス号のことを知れば知るほど、この思いは強くなっていった。船員の会話を聞いたり、その行動を見たりするにつけ、この航海の目的が、西インド諸島《しょとう》との貿易《ぼうえき》ではないらしいことが、はっきりしてきたからだ。

来る日も来る日も、午前も午後も、船長は望遠鏡を片手《かたて》に船尾楼《せんびろう》にのぼり、水平線をくまなく調べる。ほかの船員も、何かにそなえるかのように息をひそめ、海を見つめてばかり。

「いったい何をさがしてるんだろう？」

ジャミーは不思議に思ったが、気がつくと、ジャミーの視線《しせん》も、ほかの船員と同様、海の上をさまよっていた。

「海獣《かいじゅう》かな？　それともクジラかな？」

厨房《ちゅうぼう》でイモの皮むきをしていたある日の午後、ジャミーの疑問《ぎもん》は頂点《ちょうてん》に達した。油でぎとぎとの赤シャツを着た、はげ頭の太ったコックは、話好きだった。ジャミーは思いきって質問《しつもん》してみた。

「あの、すみません……船長は、いったい、何をおさがしなんでしょう？」

「てめえには関係ねえことだ！　ひよっこ」コックはどなった。「船長には船長なりの理由ってもんがあるんだ」

ジャミーはがっかりし、イモが入ったバケツの上で首をうなだれた。

コックは少しだけ同情《どうじょう》し、「実は、船長を追ってるやつがいる」と切り出した。「昔の仲間でな。やつは、うちらの船長に裏切《うらぎ》られたと思っている。かつては戦友だったんだが、あるとき、船長がやつを見殺しにし、金をうばって逃《に》げた。しかし、やつは死んじゃいなかった。死にかけたがな。以来、やつは血まなこになって船長を追っている。〈赤のジャック〉がやつの名だ。やつの船の帆《ほ》は血のような赤色で、アルバトロス号を見かけたら水平線の向こうにしずめてやる、と息まいているらしい。つまり船長は、〈赤のジャック〉にそなえているのさ」

コックは、腹黒《はらぐろ》そうな笑いをうかべると、最後に付け加えた。

「もっとも、いつも〈赤のジャック〉だけをさがしているわけじゃないがな」

「ほかに何をさがしてるんでしょう？」

ジャミーはたずねたが、コックはそれ以上、口を開こうとしなかった。

その答えは、まもなく判明《はんめい》した。ある晴れた日、そう、それは、空と海の色がまったく同じ色合いの日だった。とつぜん、見張《みは》りが興奮《こうふん》した声でさけんだ。

「いやしたぜ、船長！　あれだ！　あれが、あそこにいやす！　帆船《はんせん》でさ、帆船《はんせん》！　北西に向かう帆船《はんせん》でさ！」

船内が急に活気づいた。船長は部屋から飛び出すと、おぼろげに見える白い帆《ほ》に向け、気がくるったように双眼鏡《そうがんきょう》の照準《しょうじゅん》を合わせた。

「うむ、たしかに。まちがいない。金を満載《まんさい》して植民地に向かう、英国にやとわれた船だ」船長は、ふたたび双眼鏡《そうがんきょう》をのぞきこむ。「武装《ぶそう》しているな。でも、こっちをうたがってはいないようだ。旗をあげろ。助けを求める旗印を。あれを、おびきよせるんだ！」

ジャミーは、あっけにとられた。今耳にしたばかりの言葉が、信じられなかった。

「敵《てき》じゃないのに……」

憤慨《ふんがい》し、息づかいが荒《あら》くなる。

「あれは仲間の船じゃないか……」

「いいや、おれたちの仲間じゃねえ！」

腕《うで》っぷしの強そうな船員が、親指で短剣《たんけん》の切れ味をたしかめながら言った。

「あれは、海にうかぶ略奪品《りゃくだつひん》さ。おれたち全員を金持ちにしてくださるお宝《たから》だ。ロンドンでいばりちらせるくらいの大金持ちにな。おれさまには金の時計に金のネックレス、革張《かわば》りの赤い馬車、そしてりっぱな馬をあたえてくださるお宝船《たからぶね》！」

「こっちに来るぞ！」

片目《かため》の船員がニヤッと笑う。

「バラのようにお人好《ひとよ》しだな。こっちが傷《きず》つき、無力だと思ってやがる。よしよし、おいでおいで。そして射程圏内《しゃていけんない》に入ったら……」

船員は、ザクッという声と同時に、首をかき切るまねをした。

「死人に口なし。〝海の悪霊《あくりょう》のしわざ〟って迷信《めいしん》に、すべての真実がほうむり去られるって寸法《すんぽう》だ」

ジャミーは、ふるえる声で言った。

「そんなの、いけないよ！」

そしてさけんだ。

「それは殺人だ！」

だれかの手が、ジャミーの首根っこをぎゅっとつかんだ。ジャミーは、あまりの痛《いた》みにちぢみあがった。ブラック・ベンだった。

「だまれ、小僧《こぞう》。てめえは、てめえの心配だけしてればいいんだ！　全員静かに！　武器《ぶき》をかまえろ。いっせいにおそいかかるぞ！」

不運な船は、どんどん近づいてくる。帆《ほ》が日の光を受けてきらめき、デッキにいる人々の上半身が見える。英国の旗がはためいている。下半身を緑色にぬられた金髪《きんぱつ》の人魚の船首像《ぞう》が見え、ついには、船の舳先《へさき》に書かれた船名〈海の貴婦人《きふじん》号〉が読みとれる距離《きょり》まで接近《せっきん》した。

向こうの船長が（ジャミーは、金の帽章《ぼうしょう》つきの青い帽子《ぼうし》をかぶったその人物が船長にちがいないと思った）双眼鏡《そうがんきょう》をかまえ、アルバトロス号を見ている。ジャミーは、双眼鏡《そうがんきょう》がまっすぐ自分をとらえているような気がした。船はさらに近づいてくる。

アルバトロス号の船員は、気をピンと張《は》りつめ、息をひそめている。大砲《たいほう》には弾《たま》がこめられ、手には刀やピストルがにぎられている。全員が船長の合図を、今か今かと待ちかまえていた。

ジャミーは、もうこれ以上がまんできなかった。くるったように飛び上がり、目立つ場所に立つと、手をいっぱいにふり、あらんかぎりの大声でさけんだ。

「引き返して！　引き返してよ！　海賊《かいぞく》が待ちかまえている！　この人たち、海賊《かいぞく》なんだ！　引き返して！」

警告《けいこく》はとどかず、むだなように思われた。しかし、ほどなく効果《こうか》があらわれた。〈海の貴婦《きふ》人《じん》号〉の船長は命令をどなりちらし、船員たちがマストを駆《か》け上がる。船は向きを変えようとしていた。

アルバトロス号の船長は激怒《げきど》し、悪態《あくたい》をついた。

ブラック・ベンがさけんだ。

「まだ射程圏内《しゃていけんない》だ！　撃《う》て、早く大砲《たいほう》を撃《う》つんだ！」

轟音《ごうおん》を発し、大砲《たいほう》が赤い炎《ほのお》を吐《は》き出した。砲弾《ほうだん》が空中に飛び出した。鋼鉄《こうてつ》の黒い球は、船を破壊《はかい》し、海のもくずとするに十分な威力《いりょく》がある。しかし、砲弾《ほうだん》の装填《そうてん》が一瞬《いっしゅん》おそかった。砲《ほう》弾《だん》はとどかず、無害な小石のように、ボトンと青い波間に消えた。海賊《かいぞく》のもくろみは失敗し、〈海の貴婦人号《きふじん》〉は危機《きき》を脱《だっ》した。

船長が吠《ほ》えた。

「のろわれたおしゃべりやろうは、どこだ！」

ブーツがデッキの床《ゆか》をバンバン踏《ふ》みならす。

「この出来そこないのネズミやろう！」

怒《いか》りで顔が紫《むらさき》色《いろ》になった船長は、ジャミーの襟《えり》もとをつかむと、はげしくゆすり、マストにたたきつけた。ジャミーの頭が固い木を直撃《ちょくげき》した。目の前が真っ暗になった。

9　青目の竜《りゅう》の物語（3）――秘《ひ》蔵《ぞう》の品

気がつくと、ジャミーは砂《すな》の上に横たわっていた。しばらく、何があったのか思い出せなかった。「きっと死んだんだ。いや、夢《ゆめ》かも」。

頭《ず》痛《つう》がした。こめかみに指をはわせると、ガチョウの卵《たまご》ほどもあるたんこぶがあった。軽くふれただけでも痛《いた》み、さわった指には血がべっとりついた。

静かに両目を開けると、あたりはすでに暗く、頭上では星がかがやいていた。月が、帆《ほ》をたたみ、錨《いかり》をおろし、たたずむ船のシルエットをうかび上がらせている。「きっと、どこかの島に上陸したんだ」。

わきで、何かが動いた。おしりに、あたたかい毛皮の感触《かんしょく》がある。見ると、コガネムシがジャミーに寄《よ》りそっていた。ジャミーはネコの耳をなでた。コガネムシは、ジャミーが気がついたことを喜び、ゴロゴロのどを鳴らした。

ジャミーは、ゆっくり頭を上げた。ようやく、自分のいる場所がわかった。彼《かれ》は、なだらかな砂浜《すなはま》に大の字で寝《ね》ていたのだ。

二隻《せき》の大型ボートが砂浜《すなはま》に引き上げられていた。オールがオール受けにおさまっている。砂《すな》浜《はま》は、てっぺんに木が生えた崖《がけ》に囲まれており、三十メートルほど先では、たき火の炎《ほのお》がゆらめいている。炎《ほのお》の近くに人影《ひとかげ》があった。ガラスびんがぶつかる音、大声で話す声、とぎれとぎれに歌が聞こえる。海賊《かいぞく》たちが〈海の貴婦人号《きふじん》〉を取り逃《に》がしたことを、ぐちっていた。

ジャミーは、ゆっくり上半身を起こすと、手足を動かしてみた。痛《いた》みはするが、骨《ほね》は無事のようだ。見ると、打撲《だぼく》のあとがある。

ジャミーは、コガネムシのあごをなでた。

「よく来たね。でも、いったいどうやってここまで来たんだい？　ボートにこっそり、しのびこんだのかい？」

コガネムシは目を閉《と》じると、気持ちよさそうに、のどを鳴らした。

とつぜん、炎《ほのお》が真っ青に染《そ》まった。続いてバカ笑い。たき火に何か投げ入れたらしい。

ジャミーは、ネコをなでながら言った。

「ちょっと近づいてみようか。何がどうなってるのか、わかるかもしれないよ」

ジャミーは、音を立てないよう注意しながら砂《すな》の上をはって近づくと、流木が折り重なっているかげに、ちぢこまってかくれた。

曲がりくねった枝《えだ》のすきまからこっそり様子をうかがうと、目の前に船長の後頭部が見えた。たき火をはさんだ向こう側では、三人の船員が、ガチャンとジョッキを合わせ、しどろもどろになりながら海の男の歌をうたい始めた。一人は、しゃっくりが止まらず、歌詞《かし》をまちがえっぱなしだ。船長の右側からブラック・ベンの声が聞こえた。

「あの悪ガキの落とし前は、どうつけやしょう、船長」

船長は、ずんぐりした茶色のびんに口をつけると、一気にあおった。

「ここに置き去りにしてやる。二度と、おれさまの船には足を踏《ふ》み入れさせねえ」

うなるような声で船長が言った。

「桁《けた》はしからつるしましょうや！」

たき火の向こう側から、かすれ声がさけぶ。

「いや、サメの餌《えさ》がお似合《にあ》いでさ！」

と、別の声。

船長は、ふたたび、びんに口をつけると言った。

「もう、くそガキのことは口にするな！　やつはここに置き去りにする。飢《う》え死にさせてやる。ほら、おまえら、歌を続けろ」

ジャミーは、流木のかげに腹《はら》ばいになると、コガネムシのやわらかい耳をなでながら、ささやいた。

「やつら、ぼくを見捨《みす》てる気だ。〝島流し〟とも言えるかもね。ぼくがあの船に逃《に》げるよう警《けい》告《こく》したから、おこっちゃったんだ。でも、ぼくもそれでけっこうさ。ここから逃《に》げよう、コガネムシ。ぼくらが、やつらを見捨《みす》ててやるんだ」

ジャミーは、無意識《むいしき》のうちに立ち上がっていた。

ジャミーとコガネムシは、静かにその場をはなれると、崖《がけ》へと向かった。崖《がけ》のふもとで、上へと続く急勾配《きゅうこうばい》の小道を見つけた。登り始めてすぐ、ジャミーは息が苦しくなった。コガネムシは必死でジャミーのかかとにしがみついた。崖《がけ》の上にはい上がると、ひと息入れ、ふちから身を乗り出すと、はるか下の砂浜《すなはま》を見わたした。

たき火の炎《ほのお》は、針《はり》の先ほどの小さな残り火になっていた。ねむりについた海賊《かいぞく》たちが、物言わぬかたまりとなって、たき火のまわりを囲んでいる。あつかましい人物が、まだ数名起きており、へべれけになりながら『死人とラム酒の歌』をうたっていた。

「これっきりだ」

ジャミーはつぶやいた。コガネムシは同意するかのように、ジャミーの足に身体《からだ》をこすりつけた。ジャミーとコガネムシは、崖《がけ》のふちからはなれると、森へと続く小道を進んだ。

満月が行く手を照らし、岩や木々を銀色に染《そ》めた。ふたたび自由の身で土を踏《ふ》める喜びをかみしめながら、ジャミーとコガネムシは、先へ先へと進んだ。

小道の上を、音もなくフクロウが横切る。野ネズミが、ガサゴソあわてて身をかくす。とつぜんの侵入者《しんにゅうしゃ》におどろいたつがいのウサギが、後ろ足で立ち、目を皿のように丸めて、ジャミーとコガネムシが通りすぎるのを見守った。

ジャミーが疲労《ひろう》で自分の足もとばかり見つめるようになったころ、とつぜん森がとぎれ、まだ太陽の温《ぬく》もりが残る岩棚《いわだな》が目の前に広がった。

ジャミーは腰《こし》をおろし、「ひと休みしよう、コガネムシ」とつぶやくと、ねむりに落ちた。

コガネムシも、ジャミーの膝《ひざ》の間におさまり、目を閉《と》じた。

数時間後、ジャミーとコガネムシは、太陽の光と鳥のさえずりで目が覚めた。日だまりの中、ジャミーはくつろいだ姿勢《しせい》でコガネムシの背中《せなか》をなでた。

「まずは、ぼくらがどこにいるのか調べなきゃね」

ジャミーは、安らかな気持ちでいっぱいだった。

「それから、家に帰る方法を考えなきゃ。おまえも、きっとぼくたちの家が気に入ると思うよ、コガネムシ。ビングルさんやぼくたちといっしょに暮《く》らすんだ。ビングルのおばさんはネコが大好きなんだ。ネコのいない台所なんて、塩ぬきのシチューみたいに味気ないって、いつも言ってる」

コガネムシは、その案に同意したかのように、ゴロゴロのどを鳴らした。

「で、どこにいるかを調べるには、この島の住人を見つけなきゃね。朝ごはんを分けてくれるような、いい人を。もう腹《はら》ぺこだよ。おまえは？」

コガネムシは同意の鳴き声をあげると、ジャミーの膝《ひざ》から飛びおり、あたりをうろつき始めた。小道に飛びおりたかと思うと、ふたたび岩棚《いわだな》によじのぼり、ジャミーの頭の上の岩までジャンプしたかと思うと、またいちばん下まで駆《か》けおりる。やがて体勢《たいせい》を低くし、岩の間をすりぬけると、見えなくなった。

コガネムシは、なかなかもどらなかった。ジャミーは心配になり、あとを追った。岩の向こう側に出ると、洞窟《どうくつ》が大きな口を開けていた。洞窟《どうくつ》のふちがきれいにみがかれている。まるで巨大《きょだい》な生き物が常《つね》に出入りしているかのよう。

「でも、いったいどんな生き物が、これだけ広い穴《あな》を、ぎりぎりで通るっていうんだ？」

ジャミーには見当もつかなかった。

何はともあれ、コガネムシは洞窟《どうくつ》を発見した。

洞窟《どうくつ》に足を踏《ふ》み入れるやいなや、ここが動物の巣なんかではないことがわかった。目に飛びこんできたのは色彩《しきさい》のシャワー。ルビーの赤、エメラルドの緑、サファイアの青、ダイヤモンドが放つ虹色《にじいろ》の光線、冷たく光る銀、にぶく、あたたかなかがやきを放つ金……。洞窟《どうくつ》の中は宝《たから》の山だった。見わたすかぎり、財宝《ざいほう》が続いている。

金の〝切妻壁《きりづまかべ》〟には、宝石《ほうせき》の原石が幾重《いくえ》にも重なり、岩壁《いわかべ》には宝石《ほうせき》で飾《かざ》られた剣《けん》がならんでいる。金貨《きんか》は幾重《いくえ》もの山をきずき、王冠《おうかん》、首飾《くびかざ》り、指輪、宝石模様《ほうせきもよう》のベルト、ブレスレットが無造作《むぞうさ》にまとめられている。ジャミーはコインを拾い上げると、指でこすった。古代の女王のものと思われる横顔と、見知らぬ文字の銘《めい》がうかび上がった。

ジャミーは木箱を開けてみた。そこには、まだ加工中の宝石《ほうせき》が、ぎっしりつまっていた。ジャミーは箱の中に手を突《つ》っこみ、原石をすくい上げると、指の間からボタボタこぼれ落とさせた。ポケットいっぱい、いやポケット半分でもこの原石があれば、ビングル夫妻《ふさい》と子どもたち全員が、残りの人生を優雅《ゆうが》に暮《く》らせるだろう。たったポケット半分で。

「だれも気づきやしないさ」と、ジャミーは思った。「もう、だれも住んでないかもしれないし、だれの宝《たから》でもないかもしれないじゃないか……」。

ジャミーは、箱に手を伸《の》ばしかけたが、ちゅうちょし、やがて伸《の》ばした手を引っこめた。ビングル氏のやさしい表情《ひょうじょう》が目の前にうかび、その声を聞いたような気がしたのだ。

「人との約束は守りなさい。他人のものに手を出してはいけない。自分よりめぐまれない者のめんどうを見ること。そうすれば、きっとうまくやっていける。そして、できるだけ早くもどってきておくれ。さびしくなるね」

ジャミーは、凍《こお》りついたようにその場に立ちつくした。「人のものに手を出してはいけない」という言葉が、くりかえし、くりかえし、頭の中で反響《はんきょう》した。ジャミーはため息をつくと、引っこめた手を下におろした。

「おいで、コガネムシ。これは、ぼくらのものじゃない。それにぼくらは、人の土地に無断《むだん》で入っている。ぼくらは、ぼくらの道を行くんだ」

洞窟《どうくつ》から出ると、すぐ近くで、どなり声がした。

「こっちだ。ちがいねえ！　わき道は調べたか？」

続いて、ブーツのかかとが岩に当たるドスドスという音。追っ手だ。

「なんで、逃《に》げたやろうをさがさなきゃならねえ？」

別の声が文句《もんく》を言った。

「船長が連れもどせってんだから、仕方あるめえ。どうやら小僧《こぞう》を置いていく気はねえらしい。別の案があるようだ。ともかく船長命令だ。それだけで十分だろうが」

ジャミーは、恐怖《きょうふ》で真っ青になった。ふるえながら、岩かげに身をかくそうとかがんだ。しかし、一瞬《いっしゅん》おそかった。目の前に人の影《かげ》が落ちた。

「ちっこい逃亡者《とうぼうしゃ》、発見」

ブラック・ベンだった。

「食べごろの熟《じゅく》した逃亡者《とうぼうしゃ》……」

急に言葉がとぎれ、しばし沈黙《ちんもく》が流れた。静寂《せいじゃく》は急に、歓喜《かんき》のさけびに変わった。

「やろうども、来てみろ。金だ！」

海賊《かいぞく》たちは、ジャミーには目もくれず、われ先にと洞窟《どうくつ》へ突進《とっしん》した。宝《たから》がぎっしりつまった洞窟《どうくつ》に、歓喜《かんき》の声がこだまする。

「どうやって運び出す？」

一人がさけんだ。

「ふくろだ、ここにふくろがある」

別の声がさけぶ。

「やろうども、つめこめるだけ、つめこめ！」

ブラック・ベンの命令がひびいた。

「持てるだけ持って、砂浜《すなはま》まで運ぶ。残りは、またもどってきてからだ。ぼやぼやするな。急げ！」

得意満面、ニヤニヤ笑いをうかべ、ブラック・ベンが洞窟《どうくつ》から出てきた。頭の上にはダイヤモンドのティアラ。ポケットは、金貨《きんか》でぱんぱんにふくれあがっていた。

「お宝《たから》を独《ひと》り占《じ》めしようと思っていたんだろ？　ジャミーちゃんよ。まったく、たいしたタマだぜ。船長に知れたらと思うと、ぞっとするね。〈海の貴婦人号《きふじん》〉を取り逃《に》がし、ただでさえ機嫌《きげん》の悪い船長にな」

ブラック・ベンは頭を横にふりつつ、ふくみ笑いをうかべた。

「思えば短い船上生活だったな。おれさまの報告《ほうこく》を聞いた船長は、おまえさんを小魚の餌《えさ》にするだろう。おまえさん、日没《にちぼつ》前には船べりから突《つ》き出した板の上を、目かくしして歩いてるのさ」

ブラック・ベンは高らかに笑った。

のけぞり、空を見上げたその瞬間《しゅんかん》、ブラック・ベンの笑い声が、ぴたりと止まった。巨大《きょだい》な影《かげ》が太陽の光をさえぎった。竜巻《たつまき》のような風が舞《ま》い、奇妙《きみょう》な香《かお》りがあたりに立ちこめた。木の焦《こ》げるような、シナモンのような、あまい香《かお》りだ。

巨大《きょだい》な翼《つばさ》がぴしゃりと打ち合わされた。ブラック・ベンはあんぐり口を開け、その目は恐怖《きょうふ》のあまり飛び出さんばかり。洞窟《どうくつ》の主が帰還《きかん》したのだ。

竜《りゅう》だった。どっしりとした身体《からだ》は黄金色。巨大《きょだい》な翼《つばさ》は、太陽の光を受け、金色に光りかがやいている。ジャミーは、竜《りゅう》に三つの頭があることに気づき、目をみはった。うち二つは、肩《かた》の上に横たえられ、ねむっているかのよう。三つめは頭上高くそびえ、突《つ》きさすような青い目で侵入者《しんにゅうしゃ》をにらみつけていた。

竜《りゅう》が炎《ほのお》のかたまりを吐《は》き出した。炎《ほのお》は、洞窟《どうくつ》の上の岩を真っ黒に焦《こ》がした。首がゆっくりとブラック・ベンに向けられた。

「ポケットを空《から》にしろ」

怒《いか》りと威嚇《いかく》のこもった声で竜《りゅう》が言った。

「わたしの王冠《おうかん》をもとにもどせ」

ブラック・ベンは、ふるえながらダイヤモンドのティアラをはずすと、洞窟《どうくつ》の中にとって返した。ポケットを裏表《うらおもて》に引っぱり出すと、金貨銀貨《きんかぎんか》が滝《たき》のように流れ落ち、足もとに小さな山をきずいた。

洞窟《どうくつ》の中は、押《お》し合いへし合いの大さわぎ。海賊《かいぞく》たちは、身につけた盗品《とうひん》をぬぎすてると、われ先にと洞窟《どうくつ》の外へ飛び出した。ポケットは外側にたれ、手の中は空っぽだった。

「わたしの洞窟《どうくつ》から立ち去れ!」

怒《いか》りに燃《も》えた声が、洞窟《どうくつ》に反響《はんきょう》した。

「そして、そのみじめったらしい人生が惜《お》しければ、二度とその面《つら》を見せるな!」

竜《りゅう》は頭を大きくふりかぶり、吠《ほ》えた。

ブラック・ベンの顔は真っ青。ジャミーを押《お》しのけると、一目散《いちもくさん》に逃《に》げ出した。部下たちもあわててあとを追いかける。小道を逃《に》げる海賊《かいぞく》たちの足音は、しだいにテンポを早めながら遠ざかっていった。ジャミーとコガネムシだけが、その場に残された。

竜《りゅう》は、金色の首をぐるりとまわすと、海のように青い目をジャミーに向けた。ジャミーは、あまりのおそろしさに膝《ひざ》の力がぬけ、心臓《しんぞう》は破裂《はれつ》しそうだった。コガネムシは、ジャミーの足もとでちぢこまり、すすり泣くように鼻を鳴らした。

竜《りゅう》はほんの一瞬《いっしゅん》、身体《からだ》の色を変化させた。ジャミーには、ほのかなピンク色に変わったように見えた。竜《りゅう》が言った。

「若者《わかもの》よ、こわがらないでおくれ」

竜《りゅう》は、自分のおこないを、きまり悪く感じている様子だ。ジャミーの頭上に視線《しせん》を固定すると、「わたしは、われをわすれていただけなのだ」と、弁解《べんかい》した。

ジャミーは深呼吸《しんこきゅう》をし、身をかがめると、「安心しな」と、コガネムシをやさしくたたいた。

「だいじょうぶです。気にしないでください」

竜《りゅう》は首を横にふりつつ、言葉を続けた。

「これは竜《りゅう》の秘蔵《ひぞう》の品々なのだ。プライベートなね。あんな、いかがわしい連中に手を出され、冷静さを失ってしまった」

「すばらしいコレクションですね。こんなにたくさんの財宝《ざいほう》を見たのは、生まれて初めてです」

竜《りゅう》は、謙遜《けんそん》した態度《たいど》をとろうと、片方《かたほう》の翼《つばさ》を腹《はら》の下にさげた。そして、「最初は順調に集まった」と、感慨《かんがい》深げに語り出した。「ひとたび集め始めると、ちょっとやそっとでは満足できなくなってきた。真に価値《かち》のある財宝《ざいほう》だけをここまで集めるには、何世紀もかかった。見てみたかったのだよ、宝《たから》の山を。もっとも、集めてみたところでこのしまつ」

竜《りゅう》は洞窟《どうくつ》を一瞥《いちべつ》すると、「つまらん」と鼻を鳴らし、小さく青い煙《けむり》を吐《は》き出した。

「まったくもって、つまらん」

竜《りゅう》はくりかえした。

「たしかに、きれいですけど……」

ジャミーが口を開いた。

「たくさんの宝石《ほうせき》に山積みの金貨《きんか》。でもぼくには、これらがなんのためにあるのか、まったく理解《りかい》できません。これほどの財宝《ざいほう》、いったい何に使うんですか？」

「何に使うかだって？」

竜《りゅう》はおどろき、聞き返した。

「若者《わかもの》よ、秘蔵《ひぞう》の品を使う者などおらん。ただただ所有するのみ。さらにふやすのみだ。たまに、ならべかえたりはする。だが、断《だん》じてそれを使って何かをするなんてことはない。秘蔵品《ひぞうひん》とはそういうものだ」

ジャミーは困惑《こんわく》していた。

「それって、単なるわがまま、自己《じこ》満足じゃないですか？」

青い目が細められ、竜《りゅう》は押《お》しだまった。

ジャミーは、しどろもどろになりながらも続けた。

「あの中の宝石《ほうせき》たった一つだけでも、多くの人を救えます。実の親がいないぼくにとって親のような存在《そんざい》のビングルさんは、すべての財産《ざいさん》を投げうって、見捨《みす》てられた子どもたちのめんどうを見ています。それなのに、あなたは、ダイヤモンドの山のてっぺんで、あぐらをかいているだけ。ぼくには、とても正しいこととは思えません」

「秘蔵品《ひぞうひん》はな、とても〝個人的《こじんてき》な〟ものなのだよ」

竜《りゅう》が弁解《べんかい》する。

今度は、ジャミーが押《お》しだまった。

「若者《わかもの》よ、おまえにはわからないのだ。秘蔵品《ひぞうひん》は〝分けあたえる〟ものではないのだ。秘蔵《ひぞう》するのは竜《りゅう》の〝サガ〟なのだ」

少し自信なさそうな口調で竜《りゅう》が言った。

ふたたびジャミーが口を開いた。

「あるクリスマスのことでした。家には、ジンジャーブレッドのクッキーがありました。それは、ぼくらにとって、とてもぜいたくなごちそうでした。でも、全員の分がありません。クッキーを割《わ》って、みんなで分け合うべきでしたが、ぼくは独《ひと》り占《じ》めにしてしまいました。階段《かいだん》の下に一個《こ》かくすと、あとで、丸ごと食べちゃったんです。このときは、ひどい気持ちになりました。ビングルさんに言われたのは……」

「『クッキーくらい、たいしたことない』って？」

竜《りゅう》は、そうであってほしいと願う答えを口にした。

「ちがいます。言われたのは、それが『身勝手なわがままである』ということです。ぼくも、まちがったことだってわかってはいたんだけど、やってしまいました。ビングルのおじさんは、ぼくが誘惑《ゆうわく》に負けたんだって」

陰鬱《いんうつ》な空気が流れた。竜《りゅう》はしばらく首をうなだれていた。

おもむろに竜《りゅう》が口を開いた。

「どうやらおまえが正しいようだ。たくわえておくだけっていうのは〝身勝手なわがまま〟だな。まったくもって言語道断《ごんごどうだん》なことだ」

せわしなく動く金色のかぎ爪《づめ》が、竜《りゅう》のみじめな気持ちを表していた。

「欲《よく》にとらわれていることに気づかなかった。わたしは誘惑《ゆうわく》に負けていたのだな。ケチで愚《おろ》かな竜《りゅう》であった」

そして、消え入るような声でつぶやいた。

「恥《は》ずかしい……」

「実は、ぼくもなんです」

今度はジャミーが目をふせた。

「実は洞窟《どうくつ》の中で……海賊《かいぞく》だけじゃなかったんです。ぼくも、あなたの財宝《ざいほう》に目がくらみました。そして、いくつか持ち出そうと考え、じっさい、もう少しでそうするところでした」

「しかし、おまえは、そうしなかった」

竜《りゅう》は、爪《つめ》を一本立て、口を開こうとするジャミーを制《せい》した。

「同じ状況《じょうきょう》だったら、わたしだって目がくらんだにちがいない。実は、わたしも厳格《げんかく》な父にしつけられた」

竜《りゅう》は、昔のやましいことを思い出したかのように、小さくちぢこまった。

「それはそれは厳格《げんかく》な父だった」

竜《りゅう》は緊張《きんちょう》したように、ごくりとつばを飲みこんだ。

ジャミーは竜《りゅう》に共感を覚え、うなずいた。

竜《りゅう》は前かがみになり、ジャミーの目を正面からのぞきこむと、しばらくその姿勢《しせい》のままでいた。竜《りゅう》が自分の心を読みとっている。すべての思考、記憶《きおく》の一つ一つをたどっている。ジャミーはそう感じた。

「『人との約束は守りなさい』か」竜《りゅう》がつぶやいた。「『他人のものに手を出してはいけない。自分よりめぐまれない者のめんどうを見ること』——まさにそのとおりだ。わたしの父でさえ、これ以上、適切《てきせつ》な忠告《ちゅうこく》はできなかっただろう」

竜《りゅう》は空を見上げ、深呼吸《しんこきゅう》すると、姿勢《しせい》を正した。

「若《わか》いの、おまえは良い手本をしめしてくれた」

竜《りゅう》は秘蔵《ひぞう》の品がつまった洞窟《どうくつ》を、胸《むな》くそ悪そうに一瞥《いちべつ》した。

「よくぞ、わたしを正気にもどしてくれた。言葉では言い表せないほど感謝《かんしゃ》している」

竜《りゅう》は、のどの奥《おく》深くでせきばらいすると、「手を前に差し出すがよい」と、もったいぶった口調で言った。

まごつきながらも、ジャミーは右手を前に差し出した。竜《りゅう》は爪《つめ》を伸《の》ばすと、てのひらの真ん中を、チクリと刺《さ》した。ジャミーはするどい痛《いた》みを感じた。ハチのひと刺《さ》しのような痛《いた》みだ。痛《いた》みはすぐに、あたたかく、心地よい感覚へと変化した。てのひらの真ん中には、金色の斑点《はんてん》が光りかがやいていた。

「われわれはつながれた。おまえは竜《りゅう》の真の友達となったのだ」

竜《りゅう》が言った。

「あなたは、ぼくとコガネムシを海賊《かいぞく》たちから救ってくれました。もう、とっくに友達です」

そう言うと、ジャミーは手を伸《の》ばし、そっと竜《りゅう》の金色の爪《つめ》にふれた。

「お願いがあります。家に帰るのを手伝ってくれませんか？」

サラ・エミリーは、爪先《つまさき》で地面に円を描《えが》くように足をもじもじさせ、眠気《ねむけ》と戦っていた。

「それから？　ジャミーをお家《うち》に連れて帰ってあげたの？」

「それは、あまりかしこい考えではないと思った。わたしが人前に姿《すがた》をさらすことはね。大さわぎになってしまう」

竜《りゅう》が答えた。

「じゃあ、どうしたの？」

ハナがたずねた。

「崖《がけ》の上でのろしを上げた。火は八日と八晩《ばん》燃《も》え続け、九日目の朝、ある船がそれに気がついた。なんと〈海の貴婦人《きふじん》号〉だった。船員たちはジャミーのことを覚えており、彼《かれ》を『海賊《かいぞく》船から来た勇敢《ゆうかん》な若者《わかもの》』と呼《よ》んだ。船はジャミーとコガネムシを連れて帰った。わたしがいることには、まったく気づかずにね」

「海賊《かいぞく》はどうなったの？　逃《に》げてったっきり？」

ザカリーがたずねた。

竜《りゅう》はいたずらっ子のような思い出し笑いをうかべると、とぼけた口調で話を続けた。

「〈海の貴婦人号《きふじん》〉の乗組員は、奇妙《きみょう》なみやげ話を持ち帰ることになった。彼《かれ》らは大海原の真ん中で、まだくすぶっている船の残骸《ざんがい》に遭遇《そうぐう》した。折れたマストには短剣《たんけん》でメッセージがとめてあった。『赤のジャックさまの敵《てき》、ここに滅《ほろ》びる。きゃつらの魂《たましい》は海のもくずなり』とね」

「昔の敵《てき》がアルバトロス号をさがしあてたんだ。自業自得《じごうじとく》だね」

吐《は》きすてるようにザカリーが言った。

「全滅《ぜんめつ》だったらしい。帆桁《ほげた》にしがみついていたオウム以外はね。乗組員はオウムを拾ってあげたそうだよ」

「アーネスタインだ！」

サラ・エミリーが大きな声をあげた。

「ジャミーは、オウムも、コガネムシといっしょに家に連れて帰った。〈海の貴婦人号《きふじん》〉の船長は、船員全員の命を救ったジャミーをいたく気に入り、彼《かれ》を海軍に推薦《すいせん》した。結局、ジャミーは戦艦《せんかん》の船長になった。彼《かれ》の船の名は〈金竜号《きんりゅうごう》〉」

「ビングルさんはどうなったの?」ザカリーが口をはさんだ。「ジャミーが無事に帰ってきてうれしかったとは思うけど、一人ふえて、また苦しくなったんじゃない?」

竜《りゅう》は、急にきまり悪そうになった。

「秘蔵品《ひぞうひん》の貯蓄《ちょちく》はおろかな過《あやま》ちだったが、竜《りゅう》は道義心《どうぎしん》をもってその過《あやま》ちを正したのだ……」

「ってことは、夫妻《ふさい》に財宝《ざいほう》を分けたの?」

ハナがたずねる。

竜《りゅう》は、軽くせきばらいをした。

「ジャミー・プリチェット少年は、金や宝石《ほうせき》がはち切れんばかりにつめられたふくろとともに帰宅《きたく》した。ビングル夫妻《ふさい》と孤児《こじ》たちは、末永《すえなが》く幸せに暮《く》らした。屋根を修復《しゅうふく》し、クリスマスの食卓《しょくたく》にはローストビーフとプリンをならべ、さらに、子どもたち全員分のプレゼントを用意するのに十分な財産《ざいさん》ができたのだ。心労《しんろう》でやせ細っていたビングル夫人は、ちょっぴり肉づきがよくなった……」

「残りの財宝《ざいほう》は?」

ザカリーがたずねた。

「見切りをつけた。やってしまったよ」

竜《りゅう》が答えた。

「もったいないと思わなかったの？　せっかくの秘蔵品《ひぞうひん》をあげちゃって？」

ザカリーは、さらにたずねた。

竜《りゅう》は前かがみになると、ザカリーの目をのぞきこんだ。まばたきもせず、まるで彼《かれ》の心を読みとっているかのようだ。やがて、心の中を見通し、ザカリーのすべてを理解《りかい》したかのように力強くうなずくと、おもむろに返事をした。

「いいや、ちっとも、もったいないとは思わなかったよ。それどころか、実にさわやかな気分だった。真にやるべきことをやったのだからね」

竜《りゅう》は、にぶく光りかがやく金色の爪《つめ》を伸《の》ばすと、ザカリーの肩《かた》を気さくにポンポンとたたいた。

「君なら、いずれわかる」

とつぜん、竜《りゅう》はものすごいあくびをした。そして「さてさて、実に楽しい時間だった」と言うと、またあくびをした。「ぜひ、また、たずねてきておくれ。楽しみに待っているからね」

海色の青い目がねむたそうに閉《と》じられた。

ふいに、竜《りゅう》はうす目を開けると小声で言った。

「ただし、寡黙《かもく》をつらぬくことができるならばね。だいたいこの出会いをどう説明する？　まったく、せちがらいご時世だよ……」

ハナがサラ・エミリーにささやいた。

「彼《かれ》は、彼《かれ》のことをだれにも話さないでって言いたいのよ。わたしたちに、彼《かれ》のことを秘密《ひみつ》にしておいてもらいたいの」

「秘密《ひみつ》はぜったい守ります」

サラ・エミリーは誓《ちか》った。

「信用して、ファフニエル」

ザカリーが続ける。

青い目がふたたび閉《と》じられ、洞窟《どうくつ》は闇《やみ》に包まれていった。

「おやすみ　ファフニエル」

ハナはそっと別れを告げた。

子どもたちは、音を立てないよう、爪先《つまさき》立ちで、しだいに闇《やみ》が濃《こ》くなる洞窟《どうくつ》から出口へと向かった。ザカリーは、レインコートのポケットから懐中《かいちゅう》電灯を取り出した。

「エス・イー、ほら」

ザカリーは懐中《かいちゅう》電灯のスイッチを入れると、サラ・エミリーの手ににぎらせた。

「おまえが持ちな。これさえあれば、真っ暗でも、ちょっとは安心できると思うよ」

「ありがとう、ザカリー！」

暗闇《くらやみ》でサラ・エミリーの表情《ひょうじょう》は見えなかったが、ザカリーには、彼女《かのじょ》のうれしそうな顔が手に取るようにわかった。

10
妹

夏の日が過《す》ぎていく。子どもたちは、早くドレイクの丘《おか》にもどりたくて、うずうずしていた。

しかし、ザカリーは慎重《しんちょう》だった。

「そんなにしょっちゅう行くべきじゃないよ。だって、怪《あや》しまれたらどうする？」

サラ・エミリーがうなずく。

「ファフニエルのことは秘密《ひみつ》だって、約束したものね」

ハナも同じ意見だった。

「しばらくはがまんするしかないわね。ぜったいに安全だって思えるまでは……」

ジョーンズ氏は毎日、アメリカ本土まで行き、郵便物《ゆうびんぶつ》を運んでくれた。ザカリーには『天体マガジン』を。ハナには花からの便箋《びんせん》に入った、ロザリーからの手紙を。母には出版社《しゅっぱんしゃ》からの封筒《ふうとう》を。しかし、マヒタベルおばさんからは、なんの音沙汰《おとさた》もなかった。

「なんでお返事、くださらないのかな?」

ハナは気をもんだ。

「明日にはとどくよ……」

ザカリーは、自分自身に言い聞かせるように言った。

しかし、手紙はいっこうにとどかない。

ふたたびドレイクの丘《おか》に行っても安全と思えるまで、このもどかしい時間をやり過《す》ごさなくてはならない。しかし、何をやっても、ぱっとしなかった。

ハナは、塔《とう》の部屋でじっと待った。リンゴをほおばり、マヒタベルおばさんの古い本を読みながら。ザカリーは、ジョーンズ氏とハマグリ漁に出た。空が澄《す》みわたった夜には、天体望遠鏡を引っぱり出し、土星の輪や木星の衛星《えいせい》をながめたりもした。父親のデイビス氏が孤島《ことう》をおとずれ、三人を本土の海洋生物学研究所に連れていった。ザカリーはエビに手をはさまれ、サラ・エミリーはカブトガニにさわった。

母は本を書き終えた。ジョーンズ夫人は、子どもたちにオートミール・クッキーの作り方を教え、ジョーンズ氏は、三人にボートの漕《こ》ぎ方を教えた。晴れた日には、船小屋のほとりの小さな洞窟《どうくつ》で、潜水《せんすい》もした。

そして、ついに、待ちに待った便《たよ》りがとどいた。マヒタベルおばさんの走り書きがされた絵はがきだ。

ハナが文面を読み上げた。

「『お手紙ありがとう。うれしかった。思いがけない用事で家を留守《るす》にしており、手紙を受け取るのがおくれてしまいました。Ｆによろしくね』」

「Ｆはファフニエルね」

サラ・エミリーは自信たっぷりで言った。

ザカリーが、ハナの手から絵はがきを取り上げた。

「追伸《ついしん》がある。絵はがきのいちばん下に、小さな字で『みんな、頭を使うのをわすれては、だめよ！』だって」

「どういう意味？」

サラ・エミリーは首をかしげた。

「もう最低……。おばさんたら、なんにも教えてくださらないのね」

ザカリーがテーブルに絵はがきを置くやいなや、ハナが言った。

「わたし、もうがまんできない」

おねだりをするように、サラ・エミリーが言った。

「あれからずいぶんたったよね。ファフニエルに会いに行こうよ」

ザカリーも、がまんの限界《げんかい》だった。そしてハナも。

「そうね！　きっと、もうだいじょうぶ」

「ボートで行こう」ザカリーには計画があった。「北のはずれの砂浜《すなはま》でピクニックをするから、海岸ぞいを行くってことにするんだ。あそこからドレイクの丘《おか》まで、歩いてすぐだよ」

母親の返事はこうだった。

「いいわよ、もちろん。ただし、海岸から遠くはなれないこと。必ずいっしょにいること。救命胴衣《どうい》をつけること。このことを守れるならばね」

ジョーンズ夫人が、ピクニック用のかごに荷物をつめるのを手伝ってくれた。かごの中身は、魔法《まほう》びんに入ったレモネード、リンゴ、ゆで卵《たまご》、ピーナッツバターとバナナのサンドイッチ。

「軍隊にも負けないくらい、いっぱいね」

サラ・エミリーが言った。

まずはザカリーがオールを漕《こ》ぐ役をかってでた。すばらしい天気。海は澄《す》みわたり、波はおだやか。ハナは次々、歌を口ずさんだ。『ロウ・ロウ・ロウ・ユア・ボート』『錨《いかり》を上げて』『海の上のわたしのかわいいウソ』。カモメが頭上を旋回《せんかい》し、海風が子どもたちの髪《かみ》をすりぬける。

「みょうに静かね、エス・イー。どうかしたの？」

ハナがたずねた。

ボートの舳先《へさき》にすわっていたサラ・エミリーが、兄と姉のほうに向きなおった。

「この海がどれだけ深いか見て。何がいるか、わからないじゃない。もしかしたら、もうボートの真下にいるかも。サメとか巨大《きょだい》タコとか海獣《かいじゅう》とか。ボートがひっくり返ったら、どうする？」

「たのむよ」ザカリーはあきれて言った。「大げさに考えすぎ。それに、泳げるだろ？　こんなに海岸に近いんだし。去年、サマーキャンプのレースで賞をもらったじゃない」

「全然たいしたことじゃないもん。二位だったし」

サラ・エミリーが反論《はんろん》した。

ザカリーは、やれやれと首をふった。

「いつもそうやって、必要以上に謙遜《けんそん》する」

「海獣《かいじゅう》は、こんなに岸のそばまで来れやしないって。海底におなかをすってしまうから」

サラ・エミリーを勇気づけようと、ハナが言った。しかし、サラ・エミリーの表情《ひょうじょう》はくもったままだった。

「もう、かなりの距離《きょり》を来たみたいだよ。ほら、あそこにドレイクの丘《おか》が見える。上陸してお昼ごはんだ」

ザカリーは舳先《へさき》を陸に向けた。

浅瀬《あさせ》に着くと、ハナはボートから飛びおり、ボートを砂浜《すなはま》に引き上げた。ザカリーは慎重《しんちょう》にオールを引き上げ、船尾座席《せんびざせき》の上に置いた。

「おなかぺこぺこ。早く食べよう。ジョーンズのおばさんったら、下に敷《し》く毛布《もうふ》まで用意してくださってる」

ハナは、ピクニック用のかごを船からおろした。

子どもたちは、砂浜《すなはま》に毛布《もうふ》を広げた。ザカリーが食べ物の包みをほどき、ハナが紙コップにレモネードをそそぐ。

じきに、ザカリーの口の中は、ゆで卵《たまご》でいっぱいになった。そのままの口で言った。

「ファフヒィヘウに、はえるのが、はちきれないよ」

「わたしも」ハナはピクルスを飲みこんだ。「もう死ぬほど長く待った気がする」

「起きてるといいけど」

サラ・エミリーが心配そうに言った。

ハナは不安になった。

「きっと起きててくれるわよ」

「急ごう！」

ザカリーは大急ぎでオートミール・クッキーを口に放りこんだ。

三人は、食べ残しをかごに押《お》しこんだ。毛布《もうふ》をはたいて砂《すな》を落とし、もどかしそうに折りたたむと、昼食セット一式をボートにしまった。

「スニーカーをはかなきゃ。ドレイクの丘《おか》は裸足《はだし》じゃ登れないもの」

ハナが興奮《こうふん》した声で言った。

三人は早足で進んだ。砂浜《すなはま》を横切り、丘《おか》を登り、アラゲハンゴンソウや野良《のら》ニンジンが点在《てんざい》する草原に出た。草原の向こう、青空の下に、ドレイクの丘《おか》のシルエットがうかぶ。三人は、たまらず走り出した。

丘《おか》のふもとに到着《とうちゃく》。崖《がけ》をよじのぼる。もう、どこに手足を置けばよいかはわかっている。足もとに注意しながら、ファフニエルの洞窟《どうくつ》へと続く岩棚《いわだな》をまわりこむ。目の前に、青と緑にかがやく海が開け、塩分をふくんだ海水のにおいが鼻をくすぐる。洞窟《どうくつ》からは神秘的《しんぴてき》なシナモン、香料《こうりょう》、たき火の煙《けむり》のにおい。つかみどころのない、不思議なにおいだが、三人はもう、それが竜《りゅう》特有のにおいだと知っている。一人ずつ入り口をくぐると、洞窟《どうくつ》の中に入った。

「ノックしないで入るのって失礼だと思う」サラ・エミリーが二人にささやいた。「もし彼《かれ》がねむってたら、どうする？　たとえ寝《ね》てなくたって、じゃまされたくないときはあるでしょう？」

ズリッ、ズリッ。すべるような、向きを変えるような音が、暗闇《くらやみ》の奥《おく》から聞こえてきた。軽く炎《ほのお》を吐《は》き出すシュッという音とともに、洞窟《どうくつ》が明るくなった。最終覚醒《かくせい》の銀色にかがやく、すずしい瞳《ひとみ》が、三人を見つめていた。

「わたしは〝彼《かれ》〟じゃなくて〝彼女《かのじょ》〟よ。起きてはいるけど」

竜《りゅう》は、サラ・エミリーの言葉を正した。

「ごめんなさい……わざとじゃないの」

サラ・エミリーはあやまった。

「二人の兄弟と一人の妹よ。最初に来たとき、ファフニエルが言ってたでしょ？　わすれたの？」

小声でハナが言った。

「でもさ、竜《りゅう》が女の子だなんて想像《そうぞう》できないよ」

ザカリーが言った。

竜《りゅう》はフンと鼻を鳴らした。

「われわれは、男と女。それも大人のオンナね。決して〝女の子〟ではなくてよ、少年。おそれなく」

銀色の目は語気を強め、ぴしゃりと言った。

「わかりました……お姉さま……」

ザカリーはあわてて言いなおした。

竜《りゅう》は、ちょこっと首をかしげてみせた。その姿《すがた》は、ハナの歴史教科書に出てくるビクトリア女王の肖像画《しょうぞうが》のように、いかめしかった。

「結論《けつろん》から言うとね」竜《りゅう》は、学校の先生のような口調で続けた。「それは人間固有のまちがいね。思慮《しりょ》の足りない憶測《おくそく》であり、目の前の現実《げんじつ》を見きわめる能力《のうりょく》の欠如《けつじょ》であり……」

竜《りゅう》は、警告《けいこく》するように金色の爪《つめ》をふり上げ、いったん言葉を区切ると、するどい眼光《がんこう》で子どもたちを見つめた。

「それにくらべ、竜《りゅう》は、思慮分別《しりょふんべつ》があり、するどい観察力もある。加えて、寛容《かんよう》だし、思いやりにあふれている。礼儀《れいぎ》正しいし、きれい好きだし、勇敢《ゆうかん》だし、自立してるわ」

サラ・エミリーは、小さくため息をついた。竜《りゅう》は金色の頭を彼女《かのじょ》の近くに寄《よ》せると、まじまじと見つめた。急に目がやさしくなった。

「あなたが〈最終覚醒《かくせい》〉の子とお見受けするわ」

竜《りゅう》は、ていねいな口調で言った。

サラ・エミリーは答えた。

「いちばん年下です。十一月で九歳《さい》です」

そうでしょうとも、と竜《りゅう》がうなずく。そして、おだやかな目でサラ・エミリーをじっと見つめた。

「なるほど」竜《りゅう》は金色の翼《つばさ》をいったん広げると、ふたたびていねいに折りたたんだ。「あなたは何がいちばん得意なの、おじょうさん？」

サラ・エミリーは、めんくらった様子で答えた。

「わたしに得意なものなんてないです。本を読むのは好きです。秋からピアノを習うかもしれないけど、まだわかりません。わたしなんかにはむずかしすぎて」

「挑戦《ちょうせん》しがいのある楽器よね。たしかに練習は必要だけど」竜《りゅう》は爪《つめ》で鍵盤《けんばん》をひくまねをした。「手首を楽にかまえるのがコツよ」

「エス・イーはいつも『わたしなんて何もできない』って言うんです。そんなことないのに」

ザカリーが口をはさんだ。

「お母さんは、プライドが足りないからだって。サラ・エミリーは自分に自信がないから、新しいことに挑戦《ちょうせん》するのをこわがるんだって。ときどき、何もしようとしないときがあるの」

ハナが心配した顔で言った。

「別に、自信がないからしないわけじゃないもん」サラ・エミリーが反論《はんろん》する。「ほかの人が、わたしなんかより、なんでもうまくやっちゃうだけ」

「まあまあ……」

竜《りゅう》が三人の間に割《わ》って入った。そして「なるほどね」と、つぶやいた。しばらく物思いにふけっているようだった。

竜《りゅう》は、あらためてサラ・エミリーに向きなおると言った。

「あなたに似《に》た子を知っているの。ほんとによく似《に》た子よ。彼女《かのじょ》のお話、聞いてみたい？」

「うん！　お願い！」

サラ・エミリーが大きな声で言った。

ザカリーとハナもうなずいた。

「楽にしてよくてよ」

竜《りゅう》が三人をうながした。

三人は、竜《りゅう》の足もとで車座《くるまざ》になった。サラ・エミリーは、竜《りゅう》のなめらかな尾《お》にもたれかかった。

竜《りゅう》が語り始めると、洞窟《どうくつ》の中が別の世界へと変わっていった。ふわふわした雲があらわれた。油と皮のにおいがする。エンジンの周期的な音が聞こえ、強い風を感じる。三人は、竜《りゅう》が語るだれかの目を通して、別の世界、別の時間を体験していた。

11　銀目の竜《りゅう》の物語（1）――空飛ぶ機械

「ヒッティーとウィルは、世界一周旅行のとちゅうでした」

竜《りゅう》は語り始めた。

「ヒッティーは十歳《さい》の女の子。お兄さんのウィルは十二歳《さい》。ウィルは空の旅を楽しんでいたけれど、ヒッティーは、飛行機が不安で不安でしかたありませんでした。まだ飛行機がめずらしい時代だったの。結局、彼女《かのじょ》は、空の旅が好きになれなかった……」

小さな銀色の機体は、まぶしい朝の光をあびて飛行中。カリフォルニア州サンディエゴ近くの草原を離陸《りりく》してから、もう丸一日近く飛び続けていた。ヒッティーにとっては、気が遠くなるほどの時間だった。

旅に出てから四日になる。これまではアメリカ大陸を横断《おうだん》してきた。「大洋から大洋まで」

——ウィルは誇《ほこ》らしげだ。地上におりるのは、燃料補給《ねんりょうほきゅう》と食事、そして寝《ね》るときだけ。今まで、ヒッティーとウィル、そして彼《かれ》らの父親は、雲の上にいた。

ヒッティーとウィルの父親は、パイロットであると同時にフリーのジャーナリストでもあり、雑誌《ざっし》や新聞に記事を書いていた。

「これはぜったい、すごいネタになるぞ」

一月《ひとつき》前、この旅のアイデアがうかんだとき、父親は言ったものだ。

「今から見出しが目にうかぶよ。『世界初　飛行機で世界一周した子どもたち』ってね！　二人とも有名になるぞ。チャールズ・リンドバーグみたいに」

ウィルは大乗り気だった。

「リンドバーグさんは、ハムサンド一個《こ》で大西洋を横断《おうだん》したんだぜ！　でもぼくらは、もっとたくさん持っていこう。飛行機に乗ると、おなかがへるからね」

「どっちかっていうと……」。眼下《がんか》、はるか遠くでゆれる太平洋の青波に軽いめまいを覚えつつ、ヒッティーは思った。「どっちかっていうと、ひどく悪い意味で有名になる可能性《かのうせい》のほうが高い気がする。『世界一周に挑戦《ちょうせん》中の子どもたち　行方《ゆくえ》不明　生存《せいぞん》は絶望的《ぜつぼうてき》』とか……」。

とつぜん、飛行機のエンジンがひどくせきこんだ。機体は予期せぬ方向に行ったり来たり。父はと見ると、操縦桿《そうじゅうかん》と格闘《かくとう》していた。その表情《ひょうじょう》はこわばり、眉間《みけん》にはしわが寄《よ》っていた。

「どうしたの？」

ヒッティーは、冷静な口調でたずねたつもりだった。しかし、その声はふるえていた。

「わからないんだ！　どんどん高度が失われてる！」

父親は無線機に呼《よ》びかけた。しかし、無線機からは、むせぶような電子音と、ザーというノイズが返ってくるだけだった。

高度は下がり続け、エンジンからはぎくしゃくした音が断続的《だんぞくてき》に聞こえ始めた。「飛行機が、しゃっくりしている」――ヒッティーは思った。

となりにすわっていたウィルが身を乗り出し、ヒッティーの手をにぎりしめた。

「ウィルがとなりでよかった。死ぬときは、みんないっしょね。お家《うち》で一人きりのお母さん以外は」

父親は、革《かわ》のヘルメットの上から装着《そうちゃく》していたゴーグルの位置を正すと、両腕《りょううで》に力をこめ、操縦桿《そうじゅうかん》をにぎりなおした。

「きっと『覚悟《かくご》しろ』って言うつもりなんだ」。ヒッティーの心臓《しんぞう》は肋骨《ろっこつ》の下で悲鳴をあげていた。「もうおしまい。もうすぐ海に突《つ》っこんで死ぬんだ」。ヒッティーは、ウィルの手を強くにぎり返した。

しかし、父親の言葉は、彼女《かのじょ》が予想していたものとはちがっていた。

「下に島が見える。ちょっとした障害《しょうがい》はあるけど、なんとか砂浜《すなはま》に着陸できそうだ。無事おりられたら、無線機を直そう。きっと全速力で助けに来てくれる。なに、きっとだいじょうぶ。さあ、しっかりつかまって。突《つ》っこむぞ！」

果てしなく続く青い海にポツンとうかぶ、茶色と緑色の小さな点。やがて、ヒッティーとウィルにも、島の姿《すがた》がはっきり見えてきた。父親が、侵入《しんにゅう》角度を修正《しゅうせい》しようと操縦桿《そうじゅうかん》を下げるたびに、二人のおなかはよじれ、ひっくり返った。主翼《しゅよく》は不吉《ふきつ》な上下動をくりかえし、エンジンはバチバチ音を立てた。「飛行機が最後の力をふりしぼってる」――ヒッティーは思った。

機体は、岩山をすべり落ちるソリのように、落ちては止まり、落ちては止まり、をくりかえした。

「しっかりつかまれ！」

飛行機が落ちるたび、父親は同じ言葉をくりかえした。まるで「高い高い！」をして遊んでいるかのよう。

ヒッティーは、ウィルの肩《かた》に顔をうずめた。ジェットコースターが頂点《ちょうてん》を通りこしたときのような浮遊感《ふゆうかん》がきたかと思うと、機体が砂《すな》をかむズサッという音が聞こえ、下から猛烈《もうれつ》な突《つ》き上げがきた。飛行機はくるくる横回転しながら砂浜《すなはま》をすべり、ヤシの木の茂《しげ》みに突《つ》っこんだ。

ヒッティーとウィルは操縦席《そうじゅうせき》に投げ出され、父親は窓《まど》にたたきつけられた。三人はそのまま動かなくなった。

しばらくして、まだめまいが残るヒッティーが、起き上がろうともがき始めた。彼女《かのじょ》の上にはウィルが乗っかっており、ひじが彼女《かのじょ》の口に、右の膝《ひざ》が彼女《かのじょ》のおなかに当たっていた。

「ウィル、ねえ、だいじょうぶ？」

悲鳴にも似《に》た声でヒッティーが呼《よ》びかける。

ウィルは、うめき声をあげると、慎重《しんちょう》に自分の頭をなでまわした。

「たぶん。おまえは？」

「わかんない」ふるえる声でヒッティーは答えた。「あちこち痛《いた》い。お父さんは？」

「手足は動かせる？」ウィルはヒッティーにたずねる。「ほら、ヒッティー、動かしてみて」

ヒッティーは、少しずつ身体《からだ》を動かしてみた。最初は腕《うで》、次は足といった具合に。

「ちゃんと全部動くみたい。でも、やっぱり痛《いた》い」

「なら、打ち身と打撲《だぼく》だけで、骨《ほね》は折れてなさそうだ。父さん！　だいじょうぶ？」

ウィルは父に呼《よ》びかけた。

「お父さん！」

ヒッティーがさけんだ。泣き声だ。

操縦席《そうじゅうせき》から返事はなく、人の気配がしなかった。ウィルは、ふらふらしながらも身を乗り出し、微動《びどう》だにしない父の身体《からだ》を調べた。

「息はしてる。ヒッティー、父さんは生きてるよ！　でも、頭から血が出てる。早く出して、横になれるところまで運ばないと……」

ウィルが、とびらをけり上げた。こわれて開かないコックピットのとびらを、力づくではずそうというのだ。とびらは断末魔《だんまつま》のような金属音《きんぞくおん》とともに、小さく口を開いた。歯がうき上がるようなその音に、ヒッティーは顔をしかめた。

二人は、細いすきまを、身をよじらせ、ぬけ出すと、地面の上に落ちた。

「あ～あ！」ウィルがひどく動揺《どうよう》した声をあげた。「こりゃあもう直せないや」

二人は、今や鉄くずとなった飛行機を呆然《ぼうぜん》と見上げた。

砂《すな》の上には、不時着の跡《あと》が残っていた。飛行機がえぐった溝《みぞ》は、砂浜《すなはま》に円を描《えが》き、今いる木の根本まで続いている。飛行機は横だおし寸前だった。翼《つばさ》は折れ、プロペラはもとの形がわからないほどグチャグチャにねじ曲がり、銀色の胴体《どうたい》はあちこちへこみ、みにくく変形していた。

「もう二度と飛べないね、ヒッティー」

ウィルは目をこすると、さびしそうに言った。

「じゃあ、どうやってお家《うち》に帰るの？」

ヒッティーの声はおびえ、瞳《ひとみ》には涙《なみだ》があふれていた。

「わかんない」ウィルは首を横にふった。「とにかく、父さんを飛行機から運び出さなきゃ。どっかにロープなかったかな……」

飛行機の後部、小さな貨物室《かもつしつ》にロープがひと束《たば》あった。

「使えそうなものがいっぱいある！　ヒッティー、下で受け止めて！」

貨物室《かもつしつ》に頭を突《つ》っこんだウィルが、足を宙《ちゅう》でバタバタさせながらさけんだ。

「救急箱がある。毛布《もうふ》も何まいかある」

ウィルは、両手にいっぱい荷物をかかえ、後ずさりで貨物室《かもつしつ》から出てきた。マッチが入ったブリキの箱。新鮮《しんせん》な水が四リットルつまったびん。そして、まだ開封《かいふう》されていない、重曹《じゅうそう》入りのクラッカーがひと箱あった。

「今日の夕飯だ」

ウィルは、荷物をかかえたままクラッカーの箱をあごで指ししめした。

ウィルはロープを肩《かた》に巻《ま》きつけると、ふたたびコックピットによじのぼった。ヒッティーも、おっかなびっくり後に続いた。父親は、まだ意識《いしき》がもどっていなかった。顔色は青白く、目は閉《と》じたままだ。

二人は、ロープの片側《かたがわ》を父の胴体《どうたい》に巻《ま》きつけ、結《ゆ》わえると、反対側を副操縦士《ふくそうじゅうし》の座席《ざせき》にしっかりと結びつけた。

「これで、下におろすとき、父さんを地面に落とさずにすむ」

二人は力をふりしぼり、とびらのすきまを広げた。続いて、足がとびらのほうを向くよう、可能《かのう》なかぎりやさしく、父の向きを変えた。足を下に、飛行機からぶらさげておろそうというのだ。父親は少し意識《いしき》がもどったのか、うめき声をもらした。目は閉《と》じられたままだ。

二人は、だらっと力がぬけたままの父親を、ゆっくりゆっくり砂《すな》の上におろした。ウィルが飛行機の上でロープをしっかりささえ、ヒッティーが下で父の身体《からだ》を受け止めた。父が地面に着いたのを確認《かくにん》すると、ウィルは飛行機から飛びおり、ロープをほどくのを手伝った。

「転がして毛布《もうふ》の上にのせよう。そのまま木かげに引きずってくんだ」

骨《ほね》の折れる作業だった。横たわったまま動けない父は、あまりに重かった。太陽が容赦《ようしゃ》なく、彼《かれ》らの上から照りつける。ヒッティーの額《ひたい》には玉のような汗《あせ》がうき、ウィルの鼻の上にポタポタ落ちた。毛布《もうふ》を引っぱる二人の腕《うで》が悲鳴をあげる。やっとのことで木かげまでたどり着くと、二人はその場にたおれこんだ。

「お父さん、ひどくない？　早くお医者さんにみてもらわないと……ウィル、あたし、こわい。次はどうするの？」

「ここにお医者さんなんて、いそうにないよ。まず血をふきとらないと」

ウィルは、ポケットからよごれたハンカチを引っぱり出すと、海水でぬらし、父の顔じゅうにこびりついた血を慎重《しんちょう》に取りのぞいた。額《ひたい》の傷《きず》の具合を見るために。

「救急箱の中身を教えて、ヒッティー」

救急箱は、ふたに赤い十字が描《えが》かれた白い鉄製《せい》の箱だった。ヒッティーは金具をはずし、カバーを開いた。

「ひまし油（下剤《げざい》）」ヒッティーは読み上げながら「なんだって、こんなもん救急箱に入れるんだろう？」と、顔をしかめた。「包帯がたくさん。それにヨードチンキがある！」

二人は傷口《きずぐち》にヨードチンキをぬり、上から包帯を巻《ま》いた。

父親がゆっくり目を開いた。

「ウィル……かい……？」

弱々しい声だった。

「ヒッティー？　何があった？　おまえたち、だいじょうぶか？」

「ぼくらはだいじょうぶだけど、飛行機がね……」

ウィルが答えた。

「わたしたち、木に突《つ》っこんだの。飛行機はあっち」

ヒッティーは飛行機を指さした。

父親は頭を持ち上げ、その方向を見ようとしたが、力つき、ふたたび目を閉《と》じた。子どもたちは、たがいに顔を見合わせた。

「助けを呼《よ》ばないと。ちゃんとしたお薬がないと死んじゃうよ。この島に人間はいるのかな？」

「突《つ》きとめよう」

12　銀目の竜《りゅう》の物語（2）——あばら屋

二人は、父親に二まいめの毛布《もうふ》をかけると、砂浜《すなはま》をとりかこむようにからみ合っている木やツタを、慎重《しんちょう》に調べ始めた。

「これじゃ向こうに行けないよ。びっしり生えてるんだもん。機械がなきゃ無理……」

ヒッティーが、なげいた。

「あそこ見て。あれ、道じゃない？」

ウィルが指さす先には、大勢《おおぜい》の人々に踏《ふ》みつけられたような跡《あと》があり、木立の向こう側へと続いていた。

「いやだ。動物が通った跡《あと》かもしれないじゃない。それも、すっごく大きな」

ヒッティーは、しりごみした。

「だいじょうぶ、きっと人間が通った跡《あと》さ。村に続く道かも。たどってみよう」

ウィルは前向きだった。

〝何か〟の通った跡《あと》は、木立の間をぬうように、曲がりくねって続いていた。上からつりさがるツルには、スイカのようなピンクの花が咲《さ》き、木立を進む子どもたちのほほをなでつけた。あざやかな青色のチョウがひらひら目の前を横切り、頭上をおおう木々の上では、緑と黄色の小鳥が舞《ま》っている。

「インコかな？」

ウィルが独《ひと》り言を言った。鳥は、日の光を受け、緋色《ひいろ》と青色にきらめいた。

「ハチドリよ」――ヒッティーは思った。

行けども行けども、聞こえてくるのは小鳥のさえずりばかり。人の気配はまったくない。

「ずいぶん遠くまで来ちゃった。そろそろ引き返したほうがよくない？　お父さんを長いこと一人きりにしたくないし」

耐《た》えきれなくなったヒッティーが口を開いた。

「ほら、この先の坂で跡《あと》が広くなっている。村か家があるかも。もうちょっとだけ先に行こう」

ウィルがうながした。

二人は、ゆるやかな上り坂を、曲線を描《えが》くようにまわりこんだ。不意に〝何か〟の跡《あと》が消えた。やぶが開け、空き地の真ん中に、小枝《こえだ》やツルを編《あ》んでつくった屋根のある、巨大《きょだい》なあばら屋があらわれた。

二人は、口をあんぐり開けたまま、巨大《きょだい》なあばら屋を見つめた。ドアはなく、出入り口は、外からそそぎこむ日の光や風を、そのまま受け入れている。

ウィルとヒッティーは、用心深くあばら屋に近づいた。出入り口に続く階段《かいだん》のわきに、看板《かんばん》が立っている。そこには精巧《せいこう》なゴシック文字で「無断侵入者《むだんしんにゅうしゃ》は告訴《こくそ》する」と、書かれていた。

「だれが住んでいるにせよ、友好的な人物じゃないみたい」

ウィルがつぶやく。

「いったい、どんな人が住んでるっていうの？　だって、変だもん。巨人《きょじん》のロビンソン・クルーソーの家って感じ……」

まゆをひそめてヒッティーが言った。

好奇心《こうきしん》にかられ、中をのぞいたウィルがさけんだ。

「すごいモノがたくさんある！　ほら、バカでかいハマグリの貝がら！」

あばら屋の壁《かべ》には、巨大《きょだい》なハマグリの貝がらが立てかけられていた。家の地下室にある、洗濯《せんたく》用の銅製湯沸《どうせいゆわ》かし器にも負けない大きさだ。となりには、ヒッティーの背丈《せたけ》ほどもある竹かごがあり、キラキラかがやく真珠《しんじゅ》が、あふれんばかりにつめこまれていた。天然木目のテーブルには、ピン留《ど》めされ、ていねいにラベルがつけられたカブトムシの標本、真っ赤なカエルが活発に動きまわる飼育《しいく》ガラス、奇妙《きみょう》な形をした植物のさや、魚の骨《ほね》、虫眼鏡《めがね》がならび、後ろの壁《かべ》にはアップライトピアノがあった。ピアノの上には、色つきのガラスびんがかぶせられた蠟《ろう》燭《そく》がならんでいる。革《かわ》の背《せ》表紙でいっぱいの本棚《ほんだな》もあった。

「ビーグル号の探検《たんけん》、チャールス・ダーウィン著《ちょ》、チェスタトンの実践的《じっせんてき》な造船術《ぞうせんじゅつ》、天文学入門、野草ハンドブック、化石とその発掘《はっくつ》」

ウィルが本の背《せ》表紙を読み上げる。

描《か》きかけのキャンバスがのったイーゼルもある。絵は、海を描《えが》いた風景画だった。ベンチの上には大きな陶器《とうき》がならんでいる。ヒッティーはその一つを指でさわってみた。まだ、ぬれていた。

「だれが住んでるにしても、まだ遠くには行ってないみたい」

ウィルが耳をそばだてた。

「だれが住んでるにしても、帰ってきたみたいだよ。ほら、聞いて」

何かを擦《す》るような、引きずるようなザラザラした音が、あばら屋にせまってくる。重量感のある音だ。大地を通じ、二人のところにまで振動《しんどう》が伝わってくる。それがなんにせよ、おそろしく大きな〝何か〟にちがいなかった。

「この音、人間のものじゃなさそう」

ヒッティーの声はふるえている。

「本当だ！　かくれよう！　逃《に》げなきゃ！」

ウィルは、あわてて声をひそめた。

おそかった。二人が外に出たとき、あばら屋の主は、すでに、ゆるやかな坂を上りきり、二人の視界《しかい》の中にいた。

緊迫《きんぱく》の瞬間《しゅんかん》。だれもがその動きを止めた。子どもたちは息をすることさえままならず、たがいにたがいの手を強くにぎりしめた。目の前には、明らかにいらだった表情《ひょうじょう》をうかべる竜《りゅう》がいた。ヒッティーが、わっと泣き出した。

木立からもれる日の光を反射する、金色の鱗《うろこ》。背中《せなか》にはなめらかな金色の翼《つばさ》。にぶい銀色の目。前足の爪《つめ》は、アワビ貝がいっぱいにつまったかごを、ぶらさげている。竜《りゅう》はかごを下におろし、神経質《しんけいしつ》そうに草で爪《つめ》をぬぐうと、憤慨《ふんがい》したように鼻を鳴らした。

「いったい全体何事？　おじょうさん、その耳ざわりな鼻音をやめていただけないかしら」

声の調子からも、竜《りゅう》のいらいらした気持ちが伝わってくる。

ウィルはお兄さんらしく、竜《りゅう》に背《せ》を向け、ヒッティーの肩《かた》をかばうように抱《だ》くと、勇敢《ゆうかん》にも
「妹はこわがってるんだ！」と、言い返した。「おとぎ話や伝説だと、竜《りゅう》は乙女《おとめ》を食べることに

なってる。おまえは、ぼくたちを食べる気か？」

竜《りゅう》は、軽蔑《けいべつ》したように二人を見やった。そして「食べやしないわよ」と言うと、入り口の看《かん》板《ばん》を指さした。

「『無断侵入者《むだんしんにゅうしゃ》は告訴《こくそ》する』ってあるでしょ！　『無断侵入者《むだんしんにゅうしゃ》は食べる』じゃないわ。わたしは野蛮人《やばんじん》じゃありませんからね」

竜《りゅう》は頭をもたげると、小さな声でブツブツ文句《もんく》を言った。

「まったく、近ごろじゃプライバシーってものが……信じられないくらいの礼儀《れいぎ》知らず……」

ウィルにもヒッティーにも、とぎれとぎれにしか聞き取れない。

「あの……ちょっと」ウィルが竜《りゅう》に背《せ》を向けたまま、おずおずと口をはさんだ。「無断侵入《むだんしんにゅう》するつもりはなかったんだ。助けをさがしてただけで……。実はぼくらのお父さんが……」

竜《りゅう》は、よりいっそう、いらついたように背筋《せすじ》を伸《の》ばした。

「話しかけてもよろしいことよ。ただし、言葉づかいさえ、きちんとしてくだされればね。わたしはレディーなんですから」

あてつけがましい言い方だ。

「『ご主人さま、閣下《かっか》、先生』なんて言うのは、なしよ。わたしの兄たちは喜ぶかもしれないけど」

「兄だって？」

ウィルは、思わずふり返った。

ヒッティーはウィルからはなれると、ウィルの身体《からだ》全体を竜《りゅう》に向け、「あれ」と指さした。

竜《りゅう》には三つの頭があった。折りたたまれた金色の翼《つばさ》の下に、かくれるようにしてもう二つの頭。その目は閉《と》じられ、寝《ね》ているかのようだった。二つの首は小さく丸まっている。

「たぶん、あれが兄弟なのよ」

ヒッティーがささやいた。

「そのとおりよ、おじょうさん」竜《りゅう》はうなずいた。「われわれは三つ又《また》。名前はファフニエル。『黄金の翼竜《よくりゅう》ファフニエル』よ」

「ぼくはウィルです。こっちは妹のヒッティー」

「お会いできてうれしいわ……と、言いたいところだけど、あいにく友達付き合いには興味《きょうみ》がないの。わたしがわざわざこの島を選んだのは、人間が一人もいないから。科学や芸術《げいじゅつ》の探《たん》求《きゅう》には、孤独《こどく》が欠かせないのよ」

竜《りゅう》は、憤慨《ふんがい》した顔を二人に近づけると、金色の鼻の奥《おく》からにらみつけた。

「もっとも、もう一人きりになれる場所なんて、どこにもないってことらしいけど」

竜《りゅう》は、少しすねた感じで続けた。

「人間という生き物は、まったくもって不当な広さの土地を占有《せんゆう》したがる動物ね。まるで、増殖《ぞうしょく》する……」竜《りゅう》は間《ま》をおき、次の台詞《せりふ》をさがした。「……アリのようだわ」

「でも、ぼくたちは好きで、ここに来たわけじゃないんです」

ウィルが言った。

「ここに来るつもりなんてなかった。ぼくたちは、飛行機で世界一周するとちゅうだったんです。その飛行機が砂浜《すなはま》に墜落《ついらく》して、操縦《そうじゅう》してたお父さんが怪我《けが》をして……」

竜《りゅう》の反応《はんのう》は冷淡《れいたん》だった。「人間は分相応《そうおう》に地上にいろっていう教訓ね」と、切ってすてた。

とつぜん、ヒッティーがさけんだ。「あなたは、まったく事態《じたい》がわかってないわ！」目には涙《なみだ》がたまっている。「お父さんは怪我《けが》してるのよ。わたしたちには寝《ね》るところもないし、食べるものもない。ないないずくめなの！」

竜《りゅう》は無言のまま、気取った感じの大股《おおまた》で二人の前を通りすぎると、あばら屋の中に消えた。バタンバタン。食器棚《しょっきだな》のとびらを不機嫌《ふきげん》そうに開け閉《し》めする音が聞こえた。しばらくすると、竜《りゅう》は小さなガラスびんを手に、ふたたび姿《すがた》をあらわした。

「怪我人《けがにん》に、この薬を二じょう、四時間おきに飲ませなさい。熱と痛《いた》みはこれでだいじょうぶ。食べ物と寝《ね》る場所は……」

竜《りゅう》はヒッティーとウィルを冷ややかに見やった。

「……おまえたちは強く、有能《ゆうのう》な子どもたちのようだから、自分の頭を使い、自分たちで解決《かいけつ》なさい。それでは、ごめんあそばせ！」

竜《りゅう》は、くるっときびすを返し、屋内に消えた。この面会が終わったことは明らかだった。

打ちひしがれたヒッティーとウィルは、「失礼します」と、一言あいさつし、薬の入った小びんをかかえ、砂浜《すなはま》への道を引き返した。

二人は、何回もあばら屋をふり返り、様子をうかがったが、竜《りゅう》が姿《すがた》をあらわすことはなかった。ふいにピアノの音が鳴りはじめた。竜《りゅう》がかなでるメロディーは『二人乗りの自転車で行こう』だった。

13　銀目の竜《りゅう》の物語（3）——生存者《せいぞんしゃ》たち

二人が砂浜《すなはま》にもどると、父親は意識《いしき》をとりもどしていた。しかし、熱にうなされ、かすれた声でやっと話せる状態《じょうたい》だった。ヒッティーとウィルは、竜《りゅう》からもらった白い薬二じょうと、ガラスびんの水を父親に飲ませた。

父親は弱々しくつぶやいた。

「なに、朝までにはよくなるさ。とにかく計画をねらなきゃ……」

ウィルが父親の言葉をさえぎった。

「だいじょうぶだよ、父さん。きっと、うまくいくよ」

「今は休んで。とにかく寝《ね》て」

ヒッティーが続けた。

二人は、父親がねむったのを確認《かくにん》すると、クラッカーを食べ、水で口をしめらせ、今後のことを話し合った。

「わたしたちにもお家《うち》がいるわ」

めずらしく、ヒッティーが断固《だんこ》とした口調で言った。

「あの竜《りゅう》のあばら家のようなやつ。わたし、作り方わかると思う。落ちてる枝《えだ》を骨《ほね》にして、ツルを編《あ》んだ布《ぬの》をかぶせるの。傘《かさ》みたいに。竜《りゅう》のところの屋根、見たでしょ？　あれ、ツルを内から外、上から下に編《あ》みこんで作ってあった。織機《しょっき》でつくった鍋《なべ》つかみみたいに。授業《じゅぎょう》で習ったもん」

ウィルは、ヒッティーをあらためて見つめなおすと、言った。

「それでいこう。小枝《こえだ》とツルを集めるの、手伝うよ」

あばら屋をつくり終えたとき、あたりはすでに暗く、頭上では満月がかがやいていた。二人のつくったあばら屋は、小さかったが、居心地よく、何より、一つ屋根の下にいっしょにいられることで心が安まった。たとえ、広い太平洋のどこかで迷子《まいご》になり、帰る方法が見つからない現状《げんじょう》に変わりはなくても。

まだ温《ぬく》もりの残る砂《すな》の上、ヒッティーとウィルは、父の両わきにちぢこまって横になった。丸めたジャケットを枕《まくら》にして。

「朝食もまたクラッカーか……」

ウィルがねむそうにつぶやいた。

「また明日、考えましょう」ヒッティーがささやいた。「竜《りゅう》が言うとおりだと思う。頭を使うの」

翌朝《よくあさ》、ウィルが起きると、ヒッティーの姿《すがた》が見当たらない。ウィルは砂浜《すなはま》に残されたヒッティーの足跡《あしあと》をたどった。ヒッティーは岩に腹《はら》ばいになり、深い湾《わん》を見下ろしていた。

「いないから心配したじゃないか。何やってるの？」

ウィルが声をかけた。

「しー！　魚とりよ」

ヒッティーの手には、先が二股《ふたまた》に分かれた長い棒《ぼう》がにぎられ、その先端《せんたん》には網《あみ》が取りつけられていた。

「すごいね！　そんな道具、どこで見つけたんだ？」

ウィルはヒッティーのとなりにかがむと、水の中をのぞきこんだ。

「棒《ぼう》は砂浜《すなはま》で拾ったの。網《あみ》は洗面道具を入れてた網《あみ》ぶくろ。魚をとるのにピッタリでしょ」

ヒッティーは、網《あみ》をそーっと水にくぐらせると、さっとすくい上げた。網《あみ》の中で太った魚が跳《は》ねている。

「朝食よ」

ヒッティーは満足そうに言った。

二人は、ウィルのポケットナイフで魚をさばき、先をとがらせた枝《えだ》に突《つ》き刺《さ》すと、枯《か》れ木を薪《まき》にして焼いた。父親は少しだけ身体《からだ》を起こすと、魚を数口、クラッカーを半枚、水を一口、そして竜《りゅう》の白い薬を二つぶ飲みこんだ。

「ありがとう、おまえたち」

父親は弱々しい笑顔をうかべると、ふたたびねむった。

それからの数日間で、ウィルとヒッティーは島で生きる術《すべ》を学んでいった。二人はココナッツの実を発見した。先のとがった岩で割《わ》り、中のあまいココナッツ・ミルクは飲み、白い果肉の部分は食べた。ヒッティーは毎朝、魚とりに出かけ、ウィルは砂浜《すなはま》でハマグリを掘《ほ》った。ハマグリは炭であぶって食べた。ヒッティーは底の平らな貝がらを集めて、お皿の代わりにし、ウィルはポケットナイフで流木をけずり、フォークとスプーンを作った。

二人は広葉樹《こうようじゅ》の葉を何層《なんそう》にも重ね、あばら屋用の敷《し》き布団《ぶとん》を三まい作った。ヒッティーはヤシの葉を編《あ》んで、三人分の帽子《ぼうし》をこしらえた。日射病《にっしゃびょう》をさけるためだ。

いつしか、二人は靴《くつ》をはかなくなっていた。寝《ね》る前には砂浜《すなはま》にすわり、潮騒《しおさい》に耳をかたむけながら、空からふる星をながめた。

ガラスびんの水が底をつくと、二人はふたたび探索《たんさく》に出かけた。そして、木々の裏《うら》をつたい、軽く水しぶきをあげる、小さな滝《たき》を見つけた。滝《たき》の上には清流があった。清流の土手には深い線状《せんじょう》のくぼみと、爪《つめ》でひっかいたような複雑《ふくざつ》にからみ合った線、そして何かを引きずったような跡《あと》があった。

「見て、ヒッティー。きっとここ、竜《りゅう》が粘土《ねんど》を集めた場所だよ」

ヒッティーはすでに、泥《どろ》の深いくぼみに手を突《つ》っこんでいた。

「わたしも粘土《ねんど》を集める。壺《つぼ》や鉢《はち》の形にして、天日《てんぴ》でかわかすの」

二人は、船が通りかかってくれることを祈《いの》った。

「きっと今ごろ、ぼくたちを捜索《そうさく》してくれているはずだよ」

しかし、待てど暮《く》らせど、だれもあらわれなかった。

「このまま、こうしていられない」

ある日の朝、意を決したヒッティーが強い口調で言った。

「太平洋には何千て小島があるでしょ。永遠に見つけてもらえないかも。竜《りゅう》のところに行って、助けを求めるべきよ」

「でも、彼女《かのじょ》はぼくたちに会いたがっていないんだよ。人間にじゃまされるのがいやだって……」

「でも、目ざわりなわたしたちを島から追いはらうために、手伝ってくれるかもしれないじゃ竜《りゅう》のあばら屋へと続く、なだらかな丘《おか》をのぼっていくと、朗読《ろうどく》をする声が聞こえてきた。竜《りゅう》は在宅中《ざいたくちゅう》だ。

「『それを見るとわたしの心は躍《おど》る』……」

笛のような声だ。あわただしくページをめくる音が聞こえる。

「ちがう！　『空にうかぶ、一つの……』。ええと、なんだったかしら……」

竜《りゅう》は詩をしたためていた。

「『虹《にじ》』よ」ヒッティーは、わざと大きな声でウィルに話しかけた。「『空にうかぶ虹《にじ》を見るとわたしの心は躍《おど》る』。ウィリアム・ワーズワースの詩。学校で教わったもん」

竜《りゅう》があばら屋の外に頭を突《つ》き出した。爪《つめ》には赤い表紙の手帳がにぎられている。

「ああ……」竜《りゅう》はため息をつくと、うんざりしたように言った。「訪問者《ほうもんしゃ》のお出ましね」

ウィルは言葉使いに注意しながら話しかけた。

「とちゅうでおじゃましてしまって、申しわけありません」

「実は、ちょっと助けていただけないかしら、と思って」

ヒッティーが続けた。

竜《りゅう》はパタンと手帳を閉《と》じた。

「見たところ、助けが必要そうには見えないけど？　健康そうだし、やせてもいないわ。自分たちの力で、ちゃんとやっているようじゃない。ただ……その……」

竜《りゅう》は子どもたち一人一人を観察すると続けた。

「お風《ふ》呂《ろ》だけはちゃんと入りなさいな」

ウィルは裸足《はだし》の足もとに目を落とした。

ヒッティーは顔を赤らめ、言った。

「そうじゃなくて……いえ、そのように努力はしますけど……その、お風《ふ》呂《ろ》のことは……。でもわたしたちにとって、もっと大切なことは、この島を脱出《だっしゅつ》することです。このまま一生ここにいたいとは思わないし、あなたもわたしたちがそばにいると迷惑《めいわく》でしょ。お父さんには、お医者さんが必要なの。お家《うち》に帰るのを手伝ってくれませんか？」

竜《りゅう》はフンと鼻を鳴らすと、いらいらしたように煙《けむり》を吐《は》き出した。

「今は不可能《ふかのう》ね。一連の植物学実験の最中ですから。海草の光合成《こうごうせい》の」

ヒッティーとウィルの当惑《とうわく》した表情《ひょうじょう》を見て、竜《りゅう》はその単語をくりかえした。

「コ・ウ・ゴ・ウ・セ・イ。つまり、植物が日光を栄養分に変えることよ」

「つまり……つまり、あなたにとっては人の命より海草のほうが大事ってこと？」

ヒッティーは、とまどいをかくせない。

竜《りゅう》は冷たい目でヒッティーをにらみけた。

「残念ながら、あなたには科学的素養《そよう》というものが欠けているようね」

竜《りゅう》はさっと身をひるがえすと、吐《は》きすてるように言った。

「まったく何度言ったらわかるんでしょう。頭を使いなさいな。遭難《そうなん》信号はためしたのかしら？」

竜《りゅう》は、あばら屋の中に消え、中からは、ふたたびせわしげにページをめくる音が聞こえてきた。

「なるほど、たしかに」ウィルは深くうなずいた。

「信号ね……」ヒッティーはしばらく下を向き、考えこんでいたが、「ちょっとしたアイデアがある」と、顔を上げた。

飛行機の操縦席《そうじゅうせき》にはパラシュートが装備《そうび》されていた。ウィルは、ヒッティーが上機嫌《じょうきげん》で、その一つをケースから引っぱり出し、砂《すな》の上に広げるのを見守った。はしっこが背負《せお》い革《かわ》につながれた、白とオレンジの巨大《きょだい》な絹布《けんぷ》が、砂《すな》の上をおおった。ヒッティーは小躍《こおど》りすると、ウィルをふり返り、歯を見せて笑った。

「もっと早く気づくべきだった。見て、完璧《かんぺき》な遭難《そうなん》信号」

ヒッティーはパラシュートの上で両手を広げた。

「こうやって砂浜《すなはま》の上に置いておくだけで？　そんなに効果的《こうかてき》とは思えないけど」

ウィルは半信半疑《はんぎ》だ。

ヒッティーは首を左右にふった。

「まだまだ、これから。これを飛ばすの。ヤシの木の上に引っぱり上げられれば、自然と風でふくらんで旗のようになるでしょ。そうすれば、何キロはなれていたって、通りがかった人の目に入るはず。だってこんなに目立つ色なんだもん」

片手《かたて》にパラシュートをかかえたまま木に登るのは、骨《ほね》の折れる作業だった。ヒッティーは、空いた手と裸足《はだし》の脚《あし》を木の幹《みき》にからみつけ、よじのぼった。てっぺんに到達《とうたつ》すると、背負《せお》い革《かわ》につながっているひもを、太く短い枝《えだ》にしっかりと結びつけた。そしてパラシュートの生地をできるだけ大きく広げると、空に向かって放り投げた。風がパラシュートを捕《と》らえ、白とオレンジの絹布《けんぷ》は巨大《きょだい》なキノコ状《じょう》にふくらんだ。

砂《すな》の上では、ウィルが飛びはねながら、ヒッティーに歓声《かんせい》を送った。

「やったね、ヒッティー！　完璧《かんぺき》な遭難《そうなん》信号だ！」

ヒッティーはウィルのとなりに飛びおりた。

「ほんと。なんで、もっと早く気がつかなかったのかな」

遭難《そうなん》信号は海からの風を受け、昼も夜も、ヤシの木の上ではためき続けた。父親の容態《ようだい》は徐々《じょじょ》に回復《かいふく》していった。食事をとる短い間は身体《からだ》を起こすようになり、一回は、日光の下で昼寝《ひるね》をしようと、自らよろよろ砂浜《すなはま》に歩いて出たほどだ。

子どもたちは、浅瀬《あさせ》で拾ってきた平らな石を積み上げ、暖炉《だんろ》をつくった。暖炉《だんろ》のまわりには、ベンチ代わりの丸太を配置した。木の枝《えだ》をツタで結び、海であらった服をかわかす物干《ものほ》し台もつくった。ヒッティーは粘土《ねんど》でチェッカーの駒《こま》をこしらえ、半分にヒッティーのHを、もう半分にウィルのWをきざみこんだ。二人は砂《すな》の上に書いた升目《ますめ》の上で手合わせをした。

救援《きゅうえん》の気配すらないまま、日にちだけがゆっくり過《す》ぎていった。島の近くを通る船はなく、頭上を通過《つうか》する飛行機もなかった。

「このまま、ずっと、ここにいることになりそう……」

ヒッティーの言葉に、ウィルは、ただただ、ため息をつくばかり。

ある日の午後、彼《かれ》らに予期せぬ訪問者《ほうもんしゃ》があった。まだ完全に回復《かいふく》していない父親はあばら屋の中で就寝中《しゅうしんちゅう》。ヒッティーとウィルは砂浜《すなはま》で、ココナッツの実をボールに、流木をピンに見立てたボウリングをしている最中だった。

とつじょ、巨大《きょだい》な影《かげ》が砂浜《すなはま》を横切ったかと思うと、雷鳴《らいめい》のような翼《つばさ》の音が頭上で鳴りひびき、お香《こう》と煙《けむり》のにおいがたちこめた。

竜《りゅう》が砂浜《すなはま》におりたった。

竜《りゅう》は、彼《かれ》らのねぐらを観察した。あばら屋、暖炉《だんろ》、物干《ものほ》し台、丸太の上にならぶ粘土《ねんど》の壺《つぼ》、果物でいっぱいの草のかご、砂《すな》に描《か》いたチェッカー盤《ばん》、そして頭上ではためく遭難《そうなん》信号がわりのパラシュート。

竜《りゅう》は、満足そうにうなずくと、二人に話しかけた。

「上出来、上出来。たいしたものよ。竜《りゅう》の子どもでも、これほど見事にはできないわ」

竜《りゅう》はふたたび、あばら屋に目を向けた。

「お父さまはあの中かしら？　ぜひお会いしたいのだけど」

父親は竜《りゅう》が着地する音で目が覚めた。杖《つえ》にしがみつき、「ウィル！　ヒッティー！　いったい全体なんのさわぎ……」とさけびながら、よたよた、あばら屋の外に出てきた。

外に出た父親は、口をあんぐりあけ、あっけにとられた表情《ひょうじょう》で竜《りゅう》を見上げた。

「おかげん、いかがですかしら」

竜《りゅう》は礼儀《れいぎ》正しく頭を下げ、丁重《ていちょう》に話しかけた。

父親はあっけにとられた表情《ひょうじょう》のまま、ごくりと唾《つば》を飲みこんだ。そして、やっとのことでうなずくと「お、おかげさまで……」と、たどたどしい返事をした。

「おやおや、まったくなんてありさま……」

竜《りゅう》は父親の姿《すがた》をじっくり観察すると、砂《すな》の上に腰《こし》をおろした。

「どうやらわたしの認識《にんしき》不足だったようね……思いやりが足りなかったとも言えるわ。ついつい、いそがしさにかまけてしまって……こまったときはおたがいさまって言葉をわすれていたわ」

竜《りゅう》は目をふせると、前足の爪《つめ》を恥《は》ずかしそうにもじもじさせた。

「反省はこのへんにして、と。実はあなたがたの境遇《きょうぐう》を再考《さいこう》して、ちょっとした提案《ていあん》を持ってきたの」

竜《りゅう》のしっぽが丸まったり、まっすぐに伸《の》びたり、をくりかえした。

「本当にもどりたいと言うのであれば、連れていってあげてもよくてよ。ただし、条件《じょうけん》さえ整えば、だけど」

「条件《じょうけん》ってなんですか?」

ウィルがたずねた。

「いったい、何?」

ヒッティーにも想像《そうぞう》がつかなかった。

「ご存《ぞん》じのとおり、わたしは自分のプライバシーを大切にする性格《せいかく》よ。だから……」

竜《りゅう》はいったん言葉を区切ると、飛行機の残骸《ざんがい》に目をやった。

「だから、空飛ぶ奇妙《きみょう》な物体でわたしの島に突撃《とつげき》し、わたしの平穏《へいおん》をみだし、わたしの実験をじゃまするような人間を、これ以上、呼《よ》びこむわけにはいかないのよ。もうこれ以上追いやられるのはいや」

竜《りゅう》はため息をついた。

「わたしたち、だれにも、ここを教えたりしない。それに……」

ヒッティーは言葉を続けようとしたが、竜《りゅう》の爪《つめ》がそれを制《せい》した。

「竜《りゅう》には特別な能力《のうりょく》があるの。あなたがたの記憶《きおく》を消すという能力《のうりょく》がね」

「記憶喪失《きおくそうしつ》みたいに？　どこにいて、何があったか、わすれちゃうの？」

ウィルがたずねた。

「どうやって？」

ヒッティーもたずねた。

竜《りゅう》が言った。

「わたしの目を見つめるだけよ」

ヒッティーが竜《りゅう》の瞳《ひとみ》をまっすぐ見つめると、それは広く、深く、冷たくなり、やがて銀の渦《うず》の中にすいこまれるような感覚を覚えた。目はかすみ、しだいにまわりの風景が遠ざかる。やがて焦点《しょうてん》がぼやけ、すべての輪郭《りんかく》がおぼろげになっていった。

ぐいっと腕《うで》を引かれ、ヒッティーはわれに返った。しかし、まだ頭はぼんやりし、足の下で砂浜《すなはま》が上下に波打っている気がする。

「このとおり。わたしには、あなたがたの島での記憶《きおく》を永遠《えいえん》に消し去ることができるの」あばら屋を指さしながら竜《りゅう》が言った。「もちろん、わたしの記憶《きおく》もね」

「それでかまわない。ここでのことは早くわすれてしまいたいよ。みんなで無事、家に帰れさえすればいい」

父親が言った。

「そんなことしないで！」

とつぜん、ヒッティーがさけんだ。ヒッティーは竜《りゅう》に駆《か》けよると、その金色の鱗《うろこ》にふれ、

「ぜったい、だれにも言ったりしないから！　約束するから！　だから、あなたのことをわすれさせたりしないで！」

泣き声だ。

ウィルも一歩前に出ると言った。

「ぼくも、あなたをわすれてしまいたくないです。だれにも言わないって約束します。ファフニエルさん」

竜《りゅう》はヒッティーを見、ウィルを見、ふたたびヒッティーに目をもどした。竜《りゅう》はだまったまま、二人のまっすぐなまなざしと向き合った。そして、おもむろに口を開いた。

「わかったから、あの、はた迷惑《めいわく》な遭難《そうなん》信号をおろしなさいな」

夜の闇《やみ》にまぎれ、彼《かれ》らは飛んだ。はるか下には、果てしなく続く海。黒く波打つ水面には、三日月と星がゆらめいている。

彼《かれ》らは、竜《りゅう》の爪《つめ》にしっかりとにぎられたハンモックの中にいた。ハンモックは白とオレンジのパラシュート製《せい》。父親は、銀の目に催眠《さいみん》術《じゅつ》をかけられ、ねむっていた。

ヒッティーとウィルの目は、かつてないほど冴《さ》えていた。あたたかい風が二人の髪《かみ》をすりぬけ、上方では、力強く羽ばたく翼《つばさ》が、心地よいリズムをきざんでいる。

「もうすぐ家《うち》だ、ヒッティー」ウィルが彼女《かのじょ》の耳もとで言った。「家《うち》。なんていいひびき。アイスクリームソーダも飲めるし、自分のベッドでねむれる……」

「なにより、お母さんがいるわ。すごく心配していると思う。それにしても……」

ヒッティーは、夏の夜を切りさき、一直線に飛ぶ、黄金の竜《りゅう》を見上げた。

「それにしても、ぶらさげられた状態《じょうたい》ってのは、不安定で落ち着かないね」

ウィルは手を伸《の》ばし、ヒッティーの手を軽くにぎった。

数時間後、竜《りゅう》はすずしい砂浜《すなはま》の上に着地すると、三人をやさしく砂《すな》の上におろした。子どもたちは、からみ合った糸をかいくぐり、ハンモックの中からはい出した。目の前には、あたたかい光がともる家があった。

「ぼくらの家だ。やったね。ほんとにありがとう、ファフニエル」

ウィルが興奮《こうふん》した声で言った。

「お父さまはもうすぐ気がつかれるわ。うまく話を作ることね。お父さまが病気で休まれているとき、たまたま通りがかった船に助けられた……って感じの」

竜《りゅう》は念を押《お》した。

「うん。うまくごまかす。秘密《ひみつ》をもらしたりしないから、安心して」

ウィルが答えた。

「これからどうするの？　島のあばら屋にもどるの？」

ヒッティーは、なめらかな竜《りゅう》の鱗《うろこ》に手をはわせた。

竜《りゅう》はしばらくだまったままだった。そしておもむろに口を開いた。

「それがそうもいかないのよね、おじょうさん。プライバシーっていう観点から言うと、あなたがたの登場は、終わりの始まりだから……。だって、ほかの人間があらわれるのはもう時間の問題だと思うもの。あなたたちの冒険《ぼうけん》をまねしてね」

「でも、もどらないと……」

口をはさもうとするウィルを竜《りゅう》がさえぎった。

「とにかく考えないと。プライバシーが守れる場所なんて、もう、ほとんど残ってないわ。南極くらいかしらね、未開の地は」

その声はしだいに小さくなり、まるで自分自身に言い聞かせているかのよう。

「でも、ひどく寒いのよね、あそこ。ペンギンたちはたいくつだし」

「ねえファフニエル」ヒッティーが口を開いた。「ここにいれば?」

「ここって個人《こじん》所有の島なんだ。つまり、ぼくたちの家族がこの島の持ち主ってこと。だから、ほかにはだれも住んでない。本土には、ボートで行き来してる」

ウィルは、真っ黒な海の向こう、おぼろげに光る街《まち》の明かりを指さした。

「島の北端《ほくたん》に丘《おか》があるの。そこに、だれも近づかない洞窟《どうくつ》があるの。一回だけ手さげランプを持って入ったことがあるけど、中はものすごく広かった。あそこなら、いつまでも安全に暮《く》らせるはずよ。そして、わたしたちは生きているかぎり、ぜったいにあなたのことをだれにも言わない。ぜったいに」

銀の目がかがやいた。

「安息の地……」

その声は少しふるえていた。竜《りゅう》はヒッティーを見、ウィルを見、ふたたびヒッティーに目をもどした。

「まよってしまうわね。実に魅力的《みりょくてき》なお話だわ……」

「安息の地？」

ウィルがたずねた。

「そう、安息の地。永遠《えいえん》の避難所《ひなんじょ》。ぜったい安全で、だれにも見つからない場所のこと。まさに天国ね」

竜《りゅう》はそう答えると、少し現実的《げんじつてき》な口調で、「ゆっくり寝《ね》られる場所って意味もあるけど」と、付け加えた。

「あそこなら、だれにもじゃまされない。とってものどかだし」

ヒッティーが駄目《だめ》を押《お》した。

「負けたわ。その申し出、受け入れさせていただくことにするわ」

竜《りゅう》は何回か目をしばたたかせると、鼻を鳴らした。

「もっとも、お二人にはたずねてきてほしいものだわ。たまにね」

竜《りゅう》は、厳粛《げんしゅく》な感じにあらたまると言った。

「手を前に差し出すがよい」

ヒッティーとウィルはとまどい、顔を見合わせたが、てのひらを上に、おずおずと手を差し出した。

竜《りゅう》は二人のてのひらの真ん中に、金色の爪《つめ》をちくりと刺《さ》した。ヒッティーはおどろき、軽く悲鳴をあげた。するどい痛《いた》みは、やがて心地よい温《ぬく》もりへと変わっていった。子どもたちは目を丸くし、じっとてのひらを見つめた。

「光っている……」

ヒッティーが小声で言った。

「ぼくのも」

ウィルがささやき返した。

てのひらの真ん中に、金色に光る点があった。

「わたしたちは一つになったの」

しぼり出すような声で竜《りゅう》が言った。

「知り合ったばかりのころは、あなたがたを誤解《ごかい》していたわ。あやまらなくてはね。あなたたちは、竜《りゅう》の本当の友達よ。これは洞窟《どうくつ》のお礼よ。竜《りゅう》の流儀《りゅうぎ》でのね」

やさしい表情《ひょうじょう》で竜《りゅう》が言った。

「わたしたちのためにあなたがしてくれたこと、ぜったいわすれない、ファフニエル。あなたなしでは、こうして生きてやしなかったもん」

ヒッティーは竜《りゅう》を見つめた。

巨大《きょだい》な金色の竜《りゅう》は、二人の前にかがむと、そのみがきあげられた爪《つめ》で、一人の、それからもう一人の髪《かみ》をやさしくかき上げた。

「そんなことなくてよ。あなたたちなら、りっぱに生き延《の》びたわ」

竜《りゅう》はヒッティーの額《ひたい》を軽くたたくと言った。

「頭を使いなさい。あそこではできたのだから、これからもね」

力強い翼《つばさ》の羽ばたきとともに、竜《りゅう》は空高く舞《ま》い上がった。ヒッティーとウィルは、北に向かって旋回《せんかい》する竜《りゅう》の姿《すがた》を見送った。はるかかなた、金色の点が見えなくなるまで。

14　また会う日まで

「それで？　もうおしまい？」

ハナが言った。

「終わりのはずないよ！　ウィルは？　パイロットになったの？」

ザカリーがたずねた。

「とんでもなくてよ」竜《りゅう》は、たてがみを逆立《さかだ》てた。「彼《かれ》はとっても思慮《しりょ》深かったわ。ウィルは植物学者になったの。世界でも指折りの海洋植物学者にね。新しく発見された種《しゅ》が、彼《かれ》の名前にちなんで命名されたほどよ。もっとも、彼《かれ》はその名ではなく、〈竜《りゅう》の海草〉って通称《つうしょう》を好んで使っていたけれど」

「ヒッティーは？」サラ・エミリーがたずねた。「あたし、彼女《かのじょ》、大好き！　彼女《かのじょ》はどうなったの？」

「まだわからない？」竜《りゅう》は小首をかしげた。「とっくに気づいていると思っていたのに。頭を使いなさいな！」

サラ・エミリーはしばし考えこんでいたが、とつぜん目を大きく見開くと、さけんだ。

「ヒッティーは、マヒタベルおばさんのあだ名なんだ。マヒタベルおばさんが、ヒッティーなんだ！」

ハナは竜《りゅう》を見つめ、言った。

「マヒタベルおばさんが、わたしたちにドレイクの丘《おか》を探検《たんけん》するよう言ってくださったんです。わたしたちに、あなたを見つけてほしかったのかも」

竜《りゅう》は三人に顔を近づけた。

「彼女《かのじょ》は名誉《めいよ》ある、愛《いと》しい愛《いと》しい友人よ。それに、とてもかしこいわ。この〝安息の地〟を何年も安全なまま保《たも》ってくれている」

「おばさんが、よろしくって」

サラ・エミリーがそっと伝えた。

「彼女《かのじょ》に会いたい……」

竜《りゅう》がつぶやいた。

「おばさんはもうお年なんです。歩くのに杖《つえ》が必要なほど。来られるものなら、来ていたにちがいない。そう思います」

ハナが静かに言った。

「これからは、ぼくたちがこの〝安息の地〟を守るよ、ファフニエル。秘密《ひみつ》にしたまま」

ザカリーが力強く言った。

「わたしたち全員、誓《ちか》うわ」

ハナもまったく同じ考えだった。

「もし、助けがいるときは……」

と、サラ・エミリーが言いかけたとき、竜《りゅう》がうんうんとうなずき、それを制《せい》した。

「子どもたち、ありがとう」そして言った。「手を前に差し出すがよい」

三人はてのひらを上に、手を前に差し出した。

竜《りゅう》はおごそかに金色の爪《つめ》を前に伸《の》ばすと、てのひら一つ一つの真ん中を、正確《せいかく》に突《つ》き刺《さ》した。まずはハナ。次にザカリー。最後にサラ・エミリー。三人はするどい痛《いた》みを、続いて、身体全《からだ》体に広がっていく心地よい温《ぬく》もりを感じた。

サラ・エミリーは、てのひらをまじまじと見つめた。

「本当に光ってる」

ため息がもれる。

「われわれはつながれた」

偉大《いだい》な黄金の竜《りゅう》が言った。

「ファフニエルさま……光栄でございます」

ハナは、シェークスピアの演劇《えんげき》風におじぎをした。

ザカリーは、てのひらでかがやく点に大切そうにふれると、急にこまったような表情《ひょうじょう》をうかべた。

「すっかりおそくなっちゃった。みんなが心配してさがし出す前にもどらなくちゃ。ファフニエル、本当にいろいろありがとう」

「ご兄弟にも、よろしくお伝えください」

ハナも別れのあいさつをした。

竜《りゅう》はうなずくと、首を地面に横たえた。銀の目が閉《と》じられ、洞窟《どうくつ》はしだいに明るさを失っていった。二人は静かに〝まわれ右〟をし、出口へと向かった。サラ・エミリーだけは、その場からなかなか動けなかった。

「また会ってくれる？　ファフニエル。わたしたち、ここには住んでないの。もうすぐお家《うち》に帰らなくちゃならないの。また来られるまでには、一年も……」

サラ・エミリーはしゃべるのをやめた。竜《りゅう》はすでに深いねむりの中のようだった。サラ・エミリーは名残《なごり》おしそうに〝まわれ右〟をすると、ザカリーとハナの背中《せなか》を追いかけた。暗闇《くらやみ》の中、手を伸《の》ばし、前方を注意深く手さぐりすると、片方《かたほう》の手を岩はだにはわせる。と、背後《はいご》の暗闇《くらやみ》の中から声がした。

「今度来たときも」竜《りゅう》が、かすれた声で言った。「また、ここで一つになれるわ」

マヒタベルおばさんから、三人に手紙がとどいた。光沢《こうたく》がある青いインクの走り書きだ。

「『これが着くころには、もう、ドレイクの丘《おか》の秘密《ひみつ》を発見しているはずね。わたしへの信頼《しんらい》を、あなたがたに引きつぐときがきました。わたしは年をとる一方。でもファフニエルには、友人と、守る人間が必要です。わたしはあなたがた三人が、〝安息の地〟を安全なまま保《たも》ってくれると信じています』」

「でも、だったらなんで、ファフニエルのこと教えてくれなかったの？」

サラ・エミリーが口をはさんだ。

ハナは、手紙の最後に書かれた文面にほほえみをうかべた。

「手紙には追伸《ついしん》があるの。そこには金色のアンダーラインがしてあって、こう書いてあるの。

『自分の手で切り開いたモノが、いちばん大切なモノ』ってね」

それを聞いたザカリーは、くすくす笑った。

「おばさん、ファフニエルそっくりなこと言うね」

サラ・エミリーは別の感想を口にした。

「おばさんったら、ヒッティーみたいなこと言うね」


島を去る日が来た。スーツケースとダッフルバッグは荷づくり完了《かんりょう》。貝がらのコレクションは、新聞紙でていねいに梱包《こんぽう》された。洗面所《せんめんじょ》やベッドまわりにわすれものがないかの確認《かくにん》も、終わった。子どもたちは、ジョーンズ夫人とさようならの抱擁《ほうよう》をかわした。夫人は、子どもたち一人一人をきつく抱《だ》きしめると、各自の手に、オートミール・クッキーの入ったふくろをにぎらせた。

「来年の夏も、必ずまた来るんですよ。注意していないと、あっという間《ま》に七月が通りすぎてしまいますからね。時は、あなたたちが考えているよりも、ずっとずっと早く進みますから。あらあら、そんなさびしそうな顔をしないで。みんなそろってここに来て、イチゴジャムやブルーベリーパイ作りを手伝ってもらわなきゃ」

「ハマグリ拾いもね」ジョーンズ氏が付け加えた。そして「夜空を見上げ、天候が変化する兆《ちょう》候《こう》をつかまえる勘《かん》をやしなうんだよ」と、ザカリーの肩《かた》をたたいた。「船長の天体望遠鏡は、いつでも君を待っているからね」

子どもたちは最後にもう一度、家の中を見てまわった。

「帰りたくない。ずっとここにいたい」

歩きながらサラ・エミリーが言った。

「きっとすぐに、ここのすべてが、なつかしくてしょうがなくなる……。あのうす気味悪い、ゾウの足の腰《こし》かけさえも」

ハナが言った。

「でも、いちばん名残《なごり》おしいのは……」

ザカリーは、とちゅうまで言いかけると、立ち止まり、窓《まど》に駆《か》けよった。

「ファフニエルね」

サラ・エミリーがささやいた。

「ファフニエルよ」

ハナが確信《かくしん》をこめて言った。

三人は、とぼとぼ海岸までおりると、すっかりなじみ深くなった緑色のボート〈マーサ号〉に荷物を積みこんだ。

「わすれものはないようね」

母親は最後の荷物を座席《ざせき》の下に押《お》しこむと、身体《からだ》を起こした。

「本当にすばらしい夏休みだったわ。あなたたちにもきっと、よい経験《けいけん》になったことでしょう。また来ましょうね」

この言葉を合図に、ジョーンズ氏が、船を水面に押《お》し出した。砂《すな》や小石が船底をこする、ガリガリという音がする。

ジョーンズ氏は、子どもたちに「出発準備完了《じゅんびかんりょう》」と告げた。三人は、しぶしぶ船に乗りこんだ。サラ・エミリーが綱《つな》をほどくと、〈マーサ号〉は、家が待つ本土の方角、西に向かって進み始めた。しだいに小さくなっていく島。三人はすわったまま背筋《せすじ》を伸《の》ばし、青く高い波間から、遠ざかる島を見守った。

「さよなら、ファフニエル」

ザカリーがささやいた。

「さようなら、ファフニエル」

ハナがつぶやいた。目には涙《なみだ》がうかんでいた。

サラ・エミリーは、吹《ふ》きつける風に向かってしっかりと目を見開き、まっすぐに島を見つめた。その表情《ひょうじょう》からは誇《ほこ》りと、秘《ひ》めた決意が感じられた。

「ぜったいにわすれないから！」あらんかぎりの大声で彼女《かのじょ》はさけんだ。「ぜったいに帰ってくるから！」

はるか向こう、ドレイクの丘《おか》の頂上《ちょうじょう》から、ほんの一瞬《いっしゅん》、黄金のきらめきが返ってきた。

著者：レベッカ・ラップ Rebecca Rupp
アメリカの作家。主に児童向けの物語や科学読み物を発表するかたわら、息子３人を在宅学習で育てた経験をもとにして、この分野の教育書も手がける。また細胞生物学の博士号を取得し、『脳みそゼミナール』（原書房）などの著作を発表するなど、雑誌、テレビも含めて幅広い活動をしている。

訳者：鏡 哲生（かがみ・てつお）
1965年、東京生まれ。小学校時代をアメリカのオハイオ州で過ごし、帰国して上智大学文学部卒業。放送局勤務を経て通訳や翻訳の仕事にたずさわる。主な翻訳絵本に、T・ウンゲラー『オットー――戦火をくぐったテディベア』、O・ダン／C・ゲイル『おしゃべりレオくん やってきた！』（ともに評論社）などがある。

■評論社の児童図書館・文学の部屋
孤島のドラゴン
二〇〇六年一〇月一〇日　初版発行
二〇一二年 三 月二〇日　四刷発行
●――著　者　レベッカ・ラップ
●――翻訳者　鏡《かがみ》 哲生《てつお》
●――発行者　竹下晴信
●――発行所　株式会社評論社
〒162-0815　東京都新宿区筑土八幡町二-二一
電話　営業　〇三-三二六〇-九四〇九
編集　〇三-三二六〇-九四〇三
振替　〇〇一八〇-一-七二九四
●――印刷所　凸版印刷株式会社
●――製本所　凸版印刷株式会社
落丁・乱丁本は本社にておとりかえいたします。
商標登録番号　第七三〇六九七号　第八五三〇七〇号　登録許可済

ISBN978-4-566-01225-7　NDC933　205p.　201mm×150mm
http://www.hyoronsha.co.jp